KB052805

하면 좀 어떤 사이

낮은산 25
키큰나무

하면 좀 어떤 사이

2023년 3월 5일 처음 찍음
2024년 5월 25일 세 번 찍음

지은이 조우리 김중미 조규미 허진희 김해원

펴낸곳 도서출판 낮은산 ┃ 펴낸이 정광호 ┃ 편집 조진령 ┃ 디자인 소요 이경란 ┃ 제작 세걸음

출판 등록 2000년 7월 19일 제10-2015호

주소 04048 서울시 마포구 어울마당로5길 16 반석빌딩 3층

전화 02-335-7365(편집), 02-335-7362(영업) ┃ 팩스 02-335-7380

홈페이지 www.littlemt.com ┃ 이메일 littlemt2001ch@gmail.com ┃ 트위터 @littlemt2001hr

제판·인쇄·제본 상지사P&B

ⓒ 조우리 김중미 조규미 허진희 김해원 2023

ISBN 979-11-5525-161-4 43810

* 잘못 만들어진 책은 바꾸어 드립니다. * 책값은 뒤표지에 표시되어 있습니다.
* 이 책 내용의 일부 또는 전부를 재사용하려면 반드시 저작권자와
  도서출판 낮은산 양측의 동의를 받아야 합니다.

하면 좀

조우리 김중미 조규미 허진희 김해원

어떤 사이

낮은산

차례

효리와

조우리

유진
사이

모든 일은 할머니로부터 시작되었다.

"할아버지 거기 가는 거 울 아빠가 진짜 싫어한단 말이
야. 격 떨어진다고."
"……격이라고?"
동네 노래 교실에 격이라니, 이 무슨 분식집 주말 런치 3코
스 같은 소리지? 그러거나 말거나 그 애는 속사포처럼 쏘아
댔다.
"너희 할머니는 왜 순진한 할아버지를 꼬셔서 가정의 평
화를 깨는 거야? 거기서 술도 마시고 도박도 하고 그런다
며? 응? 대답 좀."

나는 그 애 어깨에 붙은 실밥을 멍하니 바라봤다. 내가 무언가를 멍하니 바라보면 정말 멍청한 표정이 되는데 그런 표정을 보고도 싸움을 지속하려는 사람은 없었다. 나는 평화주의자이고 더군다나 학교에서 아이들의 이목을 끌고 싶지도 않다. 사실 이미 유명하긴 하지만 더 이상의 관심은 사양한다.

이 유명세는 나의 유명세가 아니다.

'날아오르는 용인데 하늘로 가는 통로를 막는 것들이 너무 많아 골짜기에 갇혀 버린 격.'

할머니 사주의 한 줄 요약이다. 물론 할머니에게 전해 들은 말이라 100% 믿을 순 없다. 하지만 할머니는 어딜 가든 눈에 띄었고 나서길 좋아했으며 늘 사람을 몰고 다녔다.

이해하기 쉽게 MBTI로 말하자면 ENFJ로 외향적인 사람 중 가장 외향적이고 적극적인 사람 중 가장 적극적인 타입. 정치인이 되어야 했는데 그러지 못하고 동네 노래 교실 선생님이 되었다. 노래 교실은 우리 할머니를 담아내기에 너무 작은 그릇이지만 그래도 할머니는 자신의 자리에 상당히 만족하는 듯 보인다. 함께 동네를 걷다 보면 수많은 할머니, 할아버지가 다가와 아는 체하고 반가워한다. 그럴 때 미소를 띠고 여유롭게 손을 천천히 흔드는 할머니는 마치 마을의 일인자 같다. 하긴 안티 세력도 만만치 않으니 늘 위협받는 자리인 것은 틀림없다.

노래 교실을 시작한 지 이제 1년이 넘어간다. 전국노래자랑 우수상 및 무수한 지방 축제 수상 경력을 지닌 할머니는 마을 발전에 일조하는 마음으로 일요 노래 교실을 열었다. 원하는 사람 누구나 참여할 수 있지만 조건이 있었다. 풀메이크업, 풀드레스업(full make up, full dress up). 꾸밀 수 있는 대로 최대한 꾸미고 가야 한다. 탈코르셋 트렌드에 역행하는 조건이었지만 할머니는 단호했다. 잘 차려입고 갈 만한 이벤트가 있어야 삶이 활기차진다는 것이다.

할머니들은 장롱에서 오래된 원피스를 꺼내 입었고 할아버지들은 양복을 입고 중절모를 썼다. 나라면 무지 귀찮을 것 같은데 어째서인지 반응은 폭발적이었다. 장사나 농사일로 작업복만 입던 할머니 할아버지 들은 사교 클럽에 모이는 사람들처럼 매주 일요일 차려입고 나와 노래를 실컷 부르고 다 같이 음식을 해 먹고 고스톱도 치고 술도 한

잔하며 스트레스를 풀었다.

한편 할머니가 평화로운 가정을 위협하는, 멀쩡한 이들을 겉멋 들이는 가정 파괴범이라는 주장도 함께 새어 나왔다. 간간이 부부 동반으로 노래 교실을 나오는 경우도 있지만 배우자나 가족은 집에 두고 혼자만의 시간을 즐기기 위해 나오는 분들이 훨씬 많다. 집안일도 농사일도 가정의 대소사도 제쳐 두고 누구의 아내, 누구의 남편, 누구의 부모, 누구의 며느리 이런 것들도 잊고 주 1회 오롯이 홀로 휴식과 즐거움을 누린다는데 말들이 참 많았다.

할머니는 비판하는 이들을 영혼 파괴범이라고 받아쳤다. 누구나 일주일에 몇 시간 정도는 자유로울 권리가 있는 거라고. 어쨌거나 노래 교실에 나오는 할머니, 할아버지는 우리 할머니에게 열광했다. 그들은 교회에 가는 대신 우리 할머니를 만나러 왔다. 할머니는 매주 누군가를 구원하고 있었다. 번쩍이는 큐빅이 달린 드레스와 붉은 장미색 립스틱을 장착하고.

그런 할머니 손녀로 사는 삶은 조금 피곤했다. 나는 작은 마을에 살고 있고 동네 사람들 누구나 다 나를 알았다. 다른 반 애들, 선생님마저도 노래 교실 이야기를 했다. 할머니는 지금까지도 식지 않은 뜨거운 감자였으므로 나는 그에 딸린 감자 이파리쯤 되었다. 사람들은 감자 이파리에도 관심을 보이는 수고를 아끼지 않았다.

할머니에게 직접 따지는 건 두려운 사람들이 내게 와 시비를 걸었다. 내가 걸어가면 들으란 듯이 할머니 욕을 하는 경우도 흔했다. 어찌 보면 지금 이렇게 나를 찾아와 당당히 따지기라도 하는 이 애는 건전한 편이다. 당당하고 기개 있어 보이기까지 한다. 그래도 자기네 집안일을 내게 와서 따지는 건 조금 웃기다.

"거기 모여서 노인들끼리 연애질하고 바람피우고 뭐 그런다며. 그게 올바른 건 아니잖아."

그럼 길지도 않은 인생에 하고 싶은 일도 못 하게 하는 게 올바른 일인가. (할머니가 내게 주입한 의견이긴 하지만) 입 밖으로 내지 않고 속으로만 받아쳤다. 내가 여기서 반박을 시작하면 불난 데에 기름 붓는 격이겠지. 모두가 구경 올 거다. 쉬는 시간은 곧 끝난다. 그러니까 내가 그냥 봐 준다. 대답 없이 가방을 뒤적였다. 어디 초콜릿을 넣어 뒀는데. 작은 초코바가 몇 개 나오기에 뜯어서 입에 넣고 아작아작 씹으며 그 애에게 물었다.

"먹을래?"

그 애는 나를 한참 째려보더니 종이 치자 자리로 돌아갔다.

생각난다. 그 애 할아버지. 지난주에 할머니가 집에 두고 간 무선 마이크를 노래 교실에 가져다주러 간 김에 잠깐 수업을 구경했다. 할머니는 쭈뼛거리는 할아버지를 앞에 세워 두고 발성을 가르치고 있었다. 할아버지는 빳빳하게 다린 손수건으로 쉴 새 없이 땀을 닦으며 작고 얌전한 목소리로 노래를 따라 불렀다.

"크게, 더 크게!"

할아버지 얼굴이 낯익었다. 아침마다 동네 기사 식당 앞에 물을 뿌리는 할아버지였다. 평소의 여유롭던 모습은 사라지고 고양이 앞에 잡혀 온 쥐처럼, 할아버지는 어쩔 줄 모르고 있었다. 내게 따지러 온 애의 가족들은 다 같이 그

식당을 한다. 나도 할머니와 몇 번 밥을 먹으러 간 적이 있다. 할아버지가 필요 이상으로 어색해하며 숭늉을 가져다 준 적이 있다. 숭늉은 셀프였는데.

"입을 크게 벌리고 아!"

"아."

"에!"

"에……."

"이!"

"이……."

"노래하는 근육을 깨워야 합니다. 입만 움직이지 마시고!"

할아버지는 과감하게 입을 벌리지 못했다. 마치 음악 시간의 나를 보는 듯했다. 나 역시 큰 소리로 노래를 부르거나 사람들 앞에서 입을 크게 벌려 소리 내는 일 따위는 할 수 없다. 애국가나 교가를 따라 불러야 할 때도 고개를 숙이고 입안에서 우물우물하는 시늉만 한다. 할머니는 이해하지 못한다. 내향적 인간의 부끄러움과 고뇌를.

그 애 할아버지는 참 착해 보였는데 손녀딸은 잘못 키

웠다. 애가 아주 싸가지가 없다. 다만 내가 그 애를 봐준 건 주목받기 싫은 것도 있지만 그 애가 엄마 없이 할아버지, 아버지, 남동생 둘과 산다는 걸 알기 때문이다. 그 애 엄마는 몇 년 전 암으로 돌아가셨고 그 무렵 동네에서 돌아가며 그 집에 반찬을 가져다준 기억이 있다. 직접 말해본 적은 없지만 한동안 그 애의 우울한 뒷모습을 조마조마하며 지켜보기도 했다. 나도 엄마가 없으니까, 엄마가 없는 마음에 대해 잘 안다. 나는 심지어 아빠도 없으니까 그 부분이 개한테 위안이 될지도 모른다고 생각했다. 하지만 그 말을 건네진 못했다. 나는 늘 그런다. 중요한 말들을 그 냥 삼킨다.

부모님은 내가 아주 어릴 적에 돌아가셨다. 돌 무렵이었고 엄마 아빠에 대한 기억은 하나도 없다. 할머니에게 들은 바로는 둘은 이효리(그렇다, 핑클의 그 이효리다.) 팬클럽에서 만났고 엄마는 이효리를 닮았다고 한다. 그래서 내 이름은 김효리다. 세상에 어떤 부모가 아이 이름을 자기들이 좋아하는 가수 이름에서 따오는지 모르겠지만 어쨌든 엄마 아빠는 사라졌고 그들의 가장 오래된 농담인 나만 남았다.

어릴 적 할머니의 가슴팍에는 늘 푸른 멍이 들어 있었다. 할머니는 남들은 엉덩이에 있는 몽고점이 가슴팍에 들었다고 별꼴이라고 했다. 하지만 사실은 나를 재우고 가슴팍을 치며 울어서 그렇다는 걸 몇 년 후에 알았다. 그걸 알았을 때, 아주 오래 살아야겠다고 결심했다.

나는 홀로 기적처럼 살아남았고 오른쪽 눈을 세게 부딪혀 시력이 0에 가깝다는 것 말고는 건강하다. 시력이 거의 상실된 오른쪽 눈은 근육이 약해져 눈동자가 미묘하게 바깥쪽으로 돌아간다. 그래서 사람들 눈을 잘 쳐다보지 않는다. 어딜 보고 있냐는 말을 들어야 하기 때문이다. 나는 열심히 상대의 눈을 보고 말했지만 상대는 내가 다른 곳을 보며 딴생각한다고 느꼈다. 어차피 상대가 그렇게 느낀다면 그냥 대놓고 다른 곳을 쳐다보는 게 낫다고 생각하게 되었다. 그래서 주로 말할 때 내 손이나 상대의 목울대, 바닥 무늬 같은 걸 바라본다. 이상한 건 그렇게 다른 곳을 바라보게 되자 정말로 상대의 말에 크게 신경이 안 쓰인다는 점이다. 기계적으로 대답은 하지만 사실 잘 듣지 않는다. 그래도 너무 티를 내면 상대가 화를 내거나 서운해하니까 적당히 대꾸하는 법을 안다. "아 정말, 진짜로?" "내 말이." "그러니까." "대박." 뭐 이런 말로 잘 돌려 막으면 된다. 대신 중요한, 정말 하고 싶은 말은 삼키는 편이다.

하지만 할머니한테는 그게 통하지 않는다. 할머니는 내가 꼭 눈을 쳐다보고 말하길 바란다. 할머니는 사실 눈으로 말한다. 슬픔, 기쁨, 초조함, 실망, 행복감, 분노······. 할머니 눈빛은 다채롭고 복잡하다. 그것을 해석하고 알아내는 데는 에너지가 필요하다. 나로선 그런 에너지 소모는 할머니 하나로 충분하다. 할머니는 나의 소울메이트니까 그 정도 에너지는 들여도 괜찮다.

최근 할머니의 행보가 수상하다. 원래도 할머니는 멋 부리는 걸 좋아했지만 요 며칠 인터넷 쇼핑몰에서 택배가 매일매일 도착하고 거울 앞에서 떠날 줄 모른다. 뭔 마녀 수프 다이어트를 한다고 하질 않나 탈색한 지 얼마 되지도 않은 머리카락을 오렌지색으로 다시 물들이질 않나. 손톱에 알록달록 붙였던 파츠 조각은 밥 먹다가 나물과 밥에서 각각 한 개씩 발견됐다. 그러거나 말거나 할머니는 자꾸 멍하니 창밖을 바라봤고 거울 앞에선 자주 슬픈 표정이 되었다. 그러다 혼자 핸드폰을 보며 히죽히죽 웃곤 했다.

"도대체 왜 그러는 거야?"

참다못한 내가 물었을 때 할머니는 뭔가를 열심히 읽고 있다가 깜짝 놀라 핸드폰을 떨어뜨렸다.

"왜 그렇게 놀라?"

"나이 들면 원래 손에 힘이 하나도 없고 기가 약해져서 잘 놀라."

"할머니 요새 좀 이상해."

"이 할미가 이상한 걸 이제 알았어?"

할머니는 내 뺨을 살짝 꼬집으며 웃었고 떨어진 핸드폰을 주워 방으로 들어갔다. 나는 확신할 수 있었다. 할머니가 뭔가를 숨기고 있다는 걸. 방금 할머니는 내 눈을 쳐다보지 않았다.

할머니와 살아온 15년. 처음으로 할머니는 내게 비밀이 생겼다. 배신감에 실소가 터져 나왔다. 나는 심지어 일곱 살 때 옆집 남자애랑 서로 오줌 싸는 모습을 보여 주기로 한 것도 말했는데. 그 남자애는 부모님께 엉덩이를 맞았고 나는 상담 기관에 가서 성교육을 받았다. 그것 말고도 열두 살 때 반에서 처음으로 남친 사귄 것, 수행평가 때 옆 반 애 거 베껴서 낸 것, 수학여행 가서 밤에 맥주 마신 것 등 할머니한테 웬만한 건 다 말했는데.

다섯 살 때 할머니를 소울메이트로 정한 이후로 남들이 부모나 조부모에게 하지 않을 이야기까지 늘 다 했다. 할머니는 내게 절대 화내지 않았고 끝까지 잘 듣고는 말해 줘서 고맙다고만 했기 때문에 그렇게 정한 거다. 골목에서 몰래 담배를 피워 보았다고 말했을 때 할머니는 "이왕 담배를 피우려면 쭈그려 앉아서 없어 보이게 피우지 말고, 영화 속 프랑스 여자들처럼 우아하고 당당하게 피워 봐." 하고 조언해 주었다. 할머니가 대체 어떤 영화를 본 건지 알 수 없었지만 대한민국 중학생이 우아하고 당당하게 담배를 피우기란 불가능한 일이므로 우아하고 당당할 수 있을 때까지 기다리기로 마음먹었다.

학교에서 돌아왔을 때 할머니는 집에 없었다. 할머니 핸드폰만이 덩그러니 신발장 위에 놓여 있었다. 꼭 챙긴다고 손에 들고 있다가 신발을 신으며 잊어버리고 나간 듯했다. 그때부터 심장이 두근두근 뛰기 시작했다. 아무 데나 놓여 있어도 한번도 관심 가져 본 적 없는 할머니 핸드폰이었다. 하지만 지금은 그것을 들여다보는 게 천재일우의 기회처럼 느껴진다. 현관문 걸쇠까지 채우고 현관 앞에 쭈그리고 앉아 할머니 핸드폰을 열었다. 할머니의 모든 비밀번호는 내 생일이다.

　– 잘 들어가셨엉ㅛ?

　– 그럼요 코압인디. 다 델다 주신걸....^^

　– 애들이 어딜 다녀오냐고 겟ㄱ 무러봐서 혼났네 ㅎㅎ

　– 저녁하고 잇다 전화할께요.

　할머니는 누군가와 끊임없이 오타 가득한 메시지를 주고받고 있었다. 감성 가득한 글귀며 꽃과 하늘을 찍은 사진도 한두 장이 아니었다. 통화 목록에 들어가 보니 같은 사람과 하루에도 몇 번씩이나 통화했다. 상대는 '선생님'으로 저장되어 있었다.

사진 앱을 열어 보니 최근 할머니는 다양한 장소를 다녔는지 꽃, 식당, 바다, 나무 앞에서 홀로 찍은 독사진이 많았다. 그전 사진들이 주로 할머니가 찍은 음식이나 동물, 식물, 나였다면 어느 날을 기점으로 할머니가 찍힌 사진이 눈에 띄게 늘어났다. 분명 '선생님'이었다. 이토록 열심히 할머니를 찍어 준 건.

할머니는 연애 중이었다. 연애 경험은 일천하지만 어떻게 하는 게 연애인지는 나도 안다. 나는 메모장과 인터넷 검색 기록 등을 살펴보았다. 할머니는 열심히 자잘한 것들을 기록해 두고 있었다. 즐겨찾기도 많고 열려 있는 인터넷 사이트도 많았다. 하나하나 읽을 시간은 없어 대충대충 넘기며 대체 어느 정도의 사이인지 알기 위해 핸드폰을 샅샅이 뒤졌다.

핸드폰을 뒤지는 것뿐인데 누군가의 영혼을 해부하는 것 같았다. 할머니가 평소에 하는 생각, 행동, 관심사, 취향 같은 내밀한 것들은 모두 검색 기록으로 남아 있었다. '백종원 겉절이 레시피'와 '중2병' 같은 낱말들이 뒤섞여 있었다. 메모장에는 추천 납골당 리스트가 죽 나열되어 있기도 했다.

사진 앱은 할머니의 눈, 문자메시지는 할머니의 목소리, 메모장은 할머니의 기억, 인터넷 검색은 할머니의 욕망, 연락처는 할머니의 인간관계 그 자체였다. 들여다보면 볼수록 죄책감이 밀려왔다. 누군가 내 핸드폰을 이렇게 뒤진다고 생각하니 소름이 끼쳤다. 하지만 나는 알아야 했다. 누구와 어떻게, 왜, 어쩌다 가까워졌는지. 진도는 어디까지 나갔는지. 나는 사실 두려웠는지도 모른다. 긴 시간 나에게만 빠져 있던 한 존재가 다른 곳으로 눈을 돌리려 한다는 사실이.

'삑삑삑삑.'

비밀번호 누르는 소리가 들려 잽싸게 핸드폰을 신발장 위에 올려 두고 현관문 걸쇠를 연 뒤 신발을 벗는 척했다.

"할머니? 나도 지금 막 들어왔는데……."

"내 정신 좀 봐라. 핸드폰을 또 두고 갔다. 참 큰일이다, 큰일."

"어디 가는데?"

"친구 만나러 잠깐."

"저녁은?"

"다 해 놨으니까 냉장고에서 꺼내 먹어. 오늘 쪼끔 늦는
다. 열 시 전에는 올게."

할머니는 서둘러 핸드폰을 들고 나가 버렸다. 눈치챘을
까? 나의 체온과 땀으로 미지근하고 끈끈해진 핸드폰의
감촉을. 할머니가 떠난 뒤에도 가슴은 미친 듯이 뛰고 있
었다. 도둑질을 한 것도 아닌데 도둑이 된 것 같은 기분이
었다.

'선생님'의 정체를 알게 된 건 며칠 뒤였다. 저녁을 먹고
아홉 시쯤 되었을 때 비가 추적추적 내리기 시작했다. 뉴
스에서는 봄을 재촉하는 봄비라고 했다. 우리 동네는 꽃이
벌써 다 폈는데. 시큰둥하게 딸기를 씹으며 뉴스를 보는 둥
마는 둥 하는데 핸드폰을 들여다보고 있던 할머니가 벌떡
일어나더니 부엌으로 향했다.

잠시 뒤 지글지글 소리가 나더니 김치전과 해물파전이
뚝딱 완성되었다. 과연 전 부치는 소리는 비 내리는 소리와

비슷했다. 할머니는 다른 음식은 꽝인데 전만큼은 잘 부친다. 국가 부침개 명장으로 지정해야 할 정도다. 쪼르르 부엌으로 가 오징어가 잔뜩 얹혀 있는 해물파전을 찢으려는 순간 할머니의 단호한 손바닥이 내 젓가락을 가로막았다.

"이것 좀 저기 기사 식당 이층집에 갖다주고 와."

"왜?"

"뜨거울 때 얼른 주고 와."

"식당 하는 집에 음식을 왜 갖다줘?"

믿기지 않아 나는 자꾸 물었다. 내 말에는 대답도 안 하고 락앤락 통에 김치전과 해물파전을 가득 담은 할머니는 내 등을 떠밀었다.

"얼른 갔다 와. 네 거 해 놓고 있을게."

이렇게 비가 오는데 이렇게 깜깜한 밤에 부침개 배달을 하라고? 서운하고 어이도 없었지만 몸은 이미 현관을 나서고 있었다. 빗줄기가 세진 않았다. 봄밤의 비가 촉촉이 대지를 적셔 신선한 흙냄새가 공기 중에 떠돌았다. 따뜻한 락앤락 통을 껴안은 채 뜬금없이 몹시 외로워졌다.

진실이 밝혀졌다. 나한테 세모눈을 하고 노래 교실에 대해 따진 그 싸가지의 할아버지와 우리 할머니가 연애 중이다. 그러게 이렇게 작은 마을에 살면 안 된다. 한 다리 건너면 친구거나 친척이고 서로가 서로의 사생활에 빠삭하고 그러다가 손녀딸 동급생 할아버지와 사랑에 빠지고……. 시트콤처럼 너무 작은 세계 아닌가. 요샌 그런 시트콤 인기도 없다.

터덜터덜 식당이 있는 골목길을 향해 걸었다. 불이 환하게 켜진 식당을 보자 발걸음이 점점 느려졌다. 뭐라고 하며 전해야 할지, 할아버지가 없으면 어떡해야 할지, 웬 부침개를 가져왔냐 물으면 어떻게 말해야 할지, 무엇보다 나보고 누구냐고 물으면 어떻게 소개해야 할지 전혀 알 수 없었다. 나는 기사 식당이 건너다보이는 골목길 끝에 서서 한참을 망설였다. 그러다 이런 상황을 만든 할머니에게 화가 나기 시작했다. 둘이 알아서 연애할 것이지 내가 무슨 부침개 전달해 주는 큐피드도 아니고. 아니, 애초에 무슨 노인네들이 연애를 한다고 난리들인지. 연애는 젊을 때나 하는 것 아닌가. 맨날 여기저기 결리고 아프다면서 무슨 기력이 있어서!

점점 화가 나자 망설이고 있는 내가 바보같이 느껴지기 시작했다. 락앤락 통을 바닥에 패대기쳐 버리고 싶었다. 평소처럼 날 먹이려고 부친 전이 아니고 그 할아버지 주려고 부치다가 남은 것을 내게 주겠다는 꼴이다. 너무하다. 늘 내가 1순위였는데 이렇게나 쉽게 밀려나 버리다니.

그때였다. 누군가가 어둠 속에서 내 이름을 불렀다.

"김효리!"

나는 주변을 두리번거렸다. 골목 제일 안쪽에서 핸드폰 불빛이 보였다. 어둠이 눈에 익기를 기다리며 한참 그쪽을 노려보는데 낯익은 얼굴 하나가 떠올랐다.

"길유진?"

내게 따질 때만 해도 기세등등하던 그 애는 매가리 없이 골목길 반대쪽 막다른 곳에 쪼그리고 있었다. 이쪽 골목은 주택이 몇 채 없어 후미지다. 몇 달 전 몰래 담배를 피워 본 곳도 이 자리였다.

"여긴 왜 왔어?"

"……할머니가 너희 할아버지한테 뭐 좀 갖다주래."

"너희 할머니가 왜?"

길유진은 갑자기 그 자리에서 벌떡 일어났다.

"네 할머니였어?"

우리는 약간 대결하는 카우보이 같은 자세로 서서 서로를 쳐다봤다. 긴장된 침묵이 흘렀다. 할머니 스캔들 상대의 손녀딸이 총을 잡아 빼듯 말했다.

"하필 너희 할머니야?"

"야, 하필이라니?"

"우리 집 완전 발칵 뒤집혔어. 할아버지 때문에."

집이 발칵 뒤집혔다니 황당했다. 내 마음도 발칵 뒤집혔지만 집이 뒤집힐 건 또 뭐람.

길유진의 이야기는 이러했다.

최근 길상우 할아버지는 연애를 시작했고 인생의 마지막 사랑이 될 거라고 말했단다. 남은 삶은 원하는 대로 살고 싶다고. 그러면서 할아버지는 그동안 기사 식당 일 도와줬던 것을 퇴직금 형태로 정산을 요구했다. 게다가 쭉 같이 살고 있었는데 분가를 한다고 집 살 때 합쳤던 금액도 돌려 달라고도 했다. 유진이 아빠는 절대 안 된다고 반대를

28

하는 중이라 의견이 좁혀지지 않는다고 했다. 아빠 편을 들다 싸움을 말리다 둘 모두에게 역정을 내다 지쳐 버린 유진은 가출하겠다고 소리를 꽥 지르고 집을 뛰쳐나왔다. 하지만 막상 나오자 갈 곳이 없어 비 오는 날 길바닥에 주저앉아 있는 것이다.

유진 역시 할아버지가 집에서 나가는 것을 반대하고 있었다.

"우리 할아버지 당뇨도 있고 심근경색도 있어서 안정된 환경에서 살아야 해. 규칙적인 식사, 운동 진짜 중요하고. 지금 무분별한 연애를 할 때가 아니라고. 그런데 무조건 나가서 산다니 참나, 본인이 10대 청소년도 아니고. 그것도 웬 할머니 때문에."

웬 할머니란 말에 조금 기분이 상했지만 유진의 말이 이해됐다. 유진은 내가 그런 것처럼 할아버지를 아주 좋아하는 모양이다.

"너무 심란해."

유진은 다시 바닥에 쪼그리고 앉더니 고개를 파묻고 만화 주인공처럼 힝힝 울기 시작했다. 감정의 파고가 태풍급

이었다. 이렇게 금세 화내다가 울다 하는 건 유치원 졸업 이후로 처음 봤다.

"연애는 우리 아빠가 해야 하는 거 아니냐고."

"근데 왜 여기서 이러고 있는 거야? 가서 말을 해. 할아버지 나가지 말라고."

"그걸 안 해 봤겠냐? 할아버지 안 나가면 내가 다음 시험 전교 1등 하겠다고도 했는데 귓등으로도 안 들어."

"너 지금 몇 등인데?"

"200등쯤."

우리 학교 애들이 200명쯤일 텐데. 길유진은 싸가지뿐 아니라 대책도 없는 애였다. 우리는 말없이 바닥에 생긴 물웅덩이를 한참 바라보았다.

"우리 할아버지랑 너희 할머니랑 결혼할 수도 있을까?"

"뭐? 그건 좀……."

"할아버지한테 갑자기 돈과 집이 필요할 이유가 뭐겠어? 우리 할아버지랑 너희 할머니랑 결혼하면 넌 개밥에 도토리 되는 거야."

유진의 말이 너무 앞서가긴 했는데, 또 연애를 하다 보면 결혼이란 게 하고 싶어질 수도 있다는 걸 인정할 수밖에 없다. 지금은 법적 양육자니까 나를 떼어 놓진 않겠지만 스무 살이 넘으면 상황이 달라진다. 나를 대학에 보내고 할머니는 다 키웠으니 결혼한다고 할지도 모른다.

"그렇게 뺏길 순 없어. 반드시 저지해야 해."

유진이 단호한 목소리로 말했다. 나도 내 오랜 소울메이트를 어디서 굴러먹다 왔는지 모를 할아버지에게 뺏기고 싶진 않다. 하지만 어떻게? 어둠 속에서 신중하게 고개를 갸웃거렸다.

"그런데 뭘 들고 있는 거야?"

"부침개."

"웬 부침개?"

"우리 할머니가 너희 할아버지 갖다드리라고 한 거."

"헐……, 안 돼. 먹어 치워 버리자."

유진은 락앤락 통을 뺏다시피 가져가 뚜껑을 열었다. 고소하고 기름진 부침개 냄새가 골목을 금세 가득 채웠다. 유진과 나는 맨손으로 부침개를 마구 뜯어 먹었다. 결연한 심정으로.

"맛있다."

부침개를 원시인처럼 뜯어 먹다 길유진은 배시시 웃었다. 얘는 감정의 막이 너무 투명하다. 화가 나면 화를 내고 슬프면 울고 먹으면 행복해한다. 조금 모자라 보이지만 나쁜 애 같지 않았다. 부침개를 마저 먹으며 나는 일단 유진과의 협력을 결심했다.

"그런데 뭐를 어떻게 해야 하지?"

"이제부터 생각해 봐야지. 일단 부침개는 해치웠다."

유진은 배를 채워서인지 훨씬 여유로운 표정으로 씨익 웃었다.

"번호 줘 봐."

유진에게 내 번호를 알려 주자 내게 바로 전화를 걸었다. 나 역시 유진의 번호를 그 자리에서 저장했다. 이게 뭐라고 가슴이 조금 두근거렸다.

학교에서 보자고, 연락하겠다고 인사하고 우리는 헤어졌다. 불 꺼진 식당 뒤로 쏙 들어갈 때까지 유진의 뒷모습을 한참 쳐다봤다. 어제까지만 해도 적대자로 느껴졌던 아이와 연락처를 교환하고 같은 마음으로 이야기하고 부침개도 나눠 먹다니. 인생은 한 치 앞도 알 수가 없다.

집으로 돌아와 보란 듯이 빈 통을 식탁 위에 올려놨다. 할머니는 대체 어디에서 뭘 하다 왔냐고 물었다.

"부침개 먹고 왔어."

"식당 집 갖다주랬는데 왜 그걸 네가 먹고 와?"

"먹고 싶어서."

먹고 싶어서 먹었다는 내 말에 할머니는 할 말을 잃었다.

"할머니."

"왜?"

"연애해?"

할머니는 빈 락앤락 통을 집어 뚜껑을 열고 천천히 싱크 대에 집어넣었다.

"너는?"

"나? 나 연애하냐고?"

할머니가 고개를 끄덕였다.

"아니. 안 하는데?"

"해 봐라. 좋더라."

할머니는 유유히 거실을 가로질러 안방으로 들어갔다.

공부하란 소리도 생전 한번 안 하던 할머니가 내게 연애를
하라니. 그게 곧 대입에 매진해야 할 자손에게 할 말인가.
어이없다. 사랑이 다인가. 할머니는 사랑 지상주의자가 되
어 버렸다.

길유진에게 메시지를 보냈다.

 - 할머니가 나보고 연애하래. 하면 좋대.
 - 우리 할아버지 스쿼트 하고 있어.
 그러다 무릎 나간다고 아빠가 말리고 애원해도 들은 체도 안 함.

나는 '스쿼트'를 하고 있는, 목소리는 작지만 옷을 멋지
게 잘 입는 길상우 할아버지를 상상해 보았다. 내장 기관
이 간지러워지는 느낌이었다.

안방에서 음악 소리가 났다. 할머니는 유튜브로 사랑 노
래를 틀어 놓고 큰 소리로 노래를 따라 불렀다. 나 들으라
는 듯이. 머리가 지끈거렸다.

다음 날 학교 가는 길에 길유진을 마주쳤다. 정확하게는

유진이 나를 기다리고 있었다.

"이리 좀 와 봐."

유진은 범인을 긴급 연행하는 형사처럼 내 팔을 조용히 잡아끌었다. 학교 뒤 재활용품 수거장 앞에서 유진은 입을 열었다.

"우리 끝났어. 어젯밤에 아빠가 나한테 말도 안 하고 할 아버지한테 분가 비용이랑 퇴직금 다 정산해 줬대."

"왜 갑자기?"

"할아버지가 안 주면 소송한다고 그랬대. 그동안 식당 일이랑 살림해 준 거, 나랑 동생 키워 준 거 다 할아버지 얼마 안 남은 건강과 수명을 갈아 넣은 거였다고. 이제 남은 인생은 자유롭게 살고 싶대. 가족인데 당연한 거 아니야? 나 완전 뒤통수 맞은 기분이야. 아빠는 충격받아서 정신 나갔어."

'가족끼리 당연한 건 없다.'

'내 인생은 내 것이다.'

'누군가의 부모, 조부모이기 전에 나로 살아야 한다.'

이건 우리 할머니가 노래 교실에 오는 사람들에게 입버

룻처럼 하는 말이다.

"오늘 할아버지 집 보러 간댔어. 난 이제 할아버지랑 죽을 때까지 말 안 할 거야."

"왜?"

"몰라, 치사해. 이제 큰일 났어. 할아버지 없으면 아빠는 나를 들들 볶을 게 틀림없어. 할아버지가 하던 식당 일, 집 안일 분명 다 나한테 시킬 거야."

"그 일들 너한테 시킬까 봐 할아버지가 집 나가는 게 싫었던 거야?"

내 질문에 길유진은 말을 멈추고 갑자기 나를 똑바로 바라봤다.

"너한테 내 감정을 다 설명할 수는 없지만 그런 질문은 별로인 거 같아."

내가 할 말을 잃고 어버버하고 있는데 유진은 한마디를 덧붙였다.

"그리고 너, 상대가 말할 때 다른 데 좀 그만 쳐다봐."

길유진은 학교 안으로 쏙 들어가 버렸다. 어안이 벙벙했다. 내가 말실수를 한 건가. 그렇지만 그 애 말은 내게 그렇게 들렸다. 애초에 '그런' 할머니 밑에서 평생을 자라 온 내고민과 길유진의 고민은 성격이 달랐던 거다. 나는 유진이할아버지를 응원할 수밖에 없는, 어쩔 수 없는 우리 할머니 손주였다. 그나저나 자기는 내가 눈을 쳐다보지 않는 데에 어떤 사정이 있는 줄도 모르면서.

누군가를 알게 되면 필연적으로 따라오는 이런 오해와 몰이해를 어떻게 풀어야 하는지 모르겠다. 그런 건 학교에서도 가르쳐 주지 않는다. 길유진이 풀기 어려운 암호처럼 느껴진다. 서로의 처지를 누구보다 이해한다고 믿었는데 그렇지 않았다. 나는 유진과 이야기를 나누기 전보다 두 배쯤 더 외로워졌다.

교실로 들어가자 길유진은 나를 흘긋 보더니 책상 위에 엎드려 버렸다. 그런 모습을 보니 두통이 밀려오며 모든 것이 어긋난 것처럼 두 개로 보이기 시작했다. 스트레스를 받거나 몸과 마음이 힘들 때 가끔 찾아오는 증세였다. 선생님도 두 명, 해도 두 개, 칠판도 두 개, 내 손도 두 개, 길유진 등도 두 개. 심지어 내 감정도 두 개로 나뉘었다. 할머니의 연애 따위 될 대로 되라는 마음 하나, 그래도 개밥에 도토리는 싫다는 마음 하나.

문득 초등학교 공개 수업 날 할머니가 학교에 왔던 일이
생각났다. 할머니는 호피 무늬 원피스를 입고 온갖 반짝이
는 것들, 귀걸이, 목걸이, 팔찌, 반지 등을 있는 대로 다 달
고 교실에 나타났다. 모두 할머니를 쳐다봤고 일부는 수군
거렸다. 할머니가 내게 아는 체를 하자 나한테까지 시선이
쏠렸다. 그때 편두통이 생기면서 모든 게 둘로 보였다. 할
머니로부터 도망가고 싶은 마음과 할머니의 확실한 존재
감에 안도하는 마음. 할머니는 너무나 거기에 있었다. 작은
기억 하나 남기지 못했던 나의 부모님과 다르게 선명하고
고유한 방식으로. 늘 그랬다. 그런 모습으로 내게 손을 들
어 올려 마구 흔들어 줬다. 그렇기에 할머니가 있는 풍경은
언제나 뚜렷했다.

"모든 게 두 개로 보일 땐 한쪽 눈을 감고 세상을 바라보
면 되지. 네 방식대로."

할머니가 해 준 말이다. 할머니는 내가 유연하게 살기
를 바랐다. 나는 정작 해야 할 말도 제대로 하지 못하는 겁
쟁이에 불과한데. 하지만 할머니는 걱정하지 말라고, 인생

은 아주아주 길고 인간은 살면서 100번쯤 다른 사람이 된다고 했다. 100. 그 아득하고 완전해 보이는 숫자가 좋아서 할머니 말을 그냥 믿기로 했다.

하루 종일 길유진이 신경 쓰였다. 점심도 먹지 않고 엎드려 있는 걸 보니 걱정도 됐다. 망설이다 다가가서 등을 툭툭 쳤다. 유진은 고개를 들어 나를 보더니 다시 고개를 파묻었다. 눈가가 새빨갰다.

"함부로 말한 거 미안. 그렇지만 너도 우리 할머니에 대해 막말한 적 있으니 이거로 퉁치자."

잽싸게 말을 마치고 초코바를 유진의 책상 위에 두고 자리로 돌아왔다. 유진은 책상에 이마를 댄 채로 촉수처럼 천천히 손만 뻗어 초코바를 입으로 가져가 우적우적 씹어 먹었다.

학교를 마치고 나서려는데 유진이 옆에 다가와 우리는 함께 걸었다. 말없이 한참 걷다 갈라지는 골목에서 유진이 먼저 입을 열었다.

"나 초코바 좋아하는 거 어떻게 알았어?"

"먹을 거 그냥 다 좋아하는 거 아니고?"

유진이 내 어깨를 퍽 쳤다.

"……언제 너희 집 한번 가도 돼?"

"우리 집? 왜?"

"왜라니, 너 그런 말, 상대가 들으면 상처야."

오늘 벌써 두 번이나 길유진에게 상처를 주었다. 상처투성이 길유진에게 나는 알았다고 아무 때나 오고 싶을 때 오라고 말했다. 그러자 유진은 지금 가자고 했다.

"우리 할머니 염탐하러 오는 거야?"

"와, 진짜 너는 말을 직설적으로 하는구나."

누가 누구한테 직설적이라고 하는지 모르겠다. 하지만 유진이 그렇게 생각하고 있다는 사실에 나는 놀란다. 나에게도 그런 멋진 성향이 있다니. 소심하고 내성적이지만 말은 직설적으로 하는 나. 어쩌면 100번 중 첫 번째 변화인지도 모른다.

할머니는 길유진의 얼굴을 못 알아보는 듯했다. 할머니 남친의 손주라는 걸 꿈에도 생각 못 하는 눈치다. 방으로

들어와 뭐 배달시켜서 먹을까 묻자 유진은 부침개라고 말
했다.

"너 부침개 먹으러 왔구나."

"사실 그런 것 같아."

우리는 식탁에 앉아 할머니가 부쳐 주는 부침개를 나오
는 족족 게 눈 감추듯 먹어 치웠다. 배가 어느 정도 차서
먹는 속도가 느려지자 할머니는 두어 장 더 부쳐 놓고 나
갈 준비를 했다. 할머니는 유튜브로 사랑 노래를 틀어 놓
고 봄날의 꽃처럼 여린 핑크빛 립스틱을 입술에 바르고 뺨
에도 발랐다. 고데기로 짧은 머리에 풍성한 웨이브를 주고
새하얀 블라우스에 새빨간 와이드 팬츠를 받쳐 입었다. 마
지막으로 진주 목걸이까지 채웠다. 패션이 하나하나 완성
되는 것을 바라보며 우리는 눈을 떼지 못했다.

"완전 멋쟁이세요."

유진 말에 할머니가 오호홍 웃었다. 어딘지 모르게 눈부
신 웃음이었다.

"효리가 친구를 집에 데려온 건 처음이야. 천천히 오래
놀다 가."

"할머니, 혹시 언젠가 결혼할 거야?"

뜬금없는 내 말에 할머니는 온몸에 향수를 촤악 뿌리고서 대답했다.

"아니, 연애만 할 거야. 사람은 적당히 거리가 있을 때가 제일 아름답지."

유진과 나는 서로의 눈을 의미심장하게 마주 보았다. 유진의 할아버지는 정말 홀로서기를 하려는 것뿐이었나. 연애를 결혼으로 연관 지은 나와 유진이 촌스러워지는 기분이었다.

할머니가 떠나고도 안방에서 노랫소리가 들려 가 보니 두고 간 핸드폰 화면에 최근 인기몰이 중인 트로트 가수가 열창 중이었다. 노래를 끄려는데 실수로 화면 상단을 건드렸다. 할머니의 유튜브 재생 목록이 주르르 떴다.

트로트 사랑 노래

임영웅 베스트 노래 모음

사랑아

미운 사랑 연속 듣기 5번

사랑을 전하는 트로트 100선

따라온 유진이 고개를 쭉 빼고 핸드폰 화면을 같이 들여
다봤다.

"와, 재생 목록에 '사랑'만 가득해."

"근데 이건 뭐지?"

사랑 노래 사이사이 내 이름이 보였다.

효리 최근 모습

이효리 방송

이효리 프로그램

이효리 제주

"할머니가 이효리 좋아하시나 봐. 너랑 이름이 같아서?"

나는 우리 엄마가 사실 이효리와 무척 닮았다고 말하지
않았다. 언젠가 유진에게 말해 주겠지만 사랑 노래 사이에
껴 있는 저 이름을, 할머니가 무척이나 그리워한다는 사실
은 나 혼자만 알고 싶었다.

화면을 끄고 핸드폰을 신발장 위에 올려 두었다. 할머니
가 곧 찾으러 올 것 같았다.

"나, 너희 할머니 좀 좋은 것 같아."

"넌 먹을 것만 주면 태세 전환이 늘 이렇게 빠른 거야?"

"할머니한테 OOTD(오늘의 착장) 받아서 올릴래?"

"딴소리하지 말고."

"우리 금방 인플루언서 될 수 있어."

"내 할머니거든."

헛소리만 하는 유진을 툭 찼더니 유진도 나를 걷어찼다.
나와 유진은 서로를 마구 걷어차며 깔깔 웃었다. 이상한 일
이었다. 유진과 나는 각자의 할아버지와 할머니가 사랑하
는 사이라는 이유만으로 이렇게 만나 친밀하게 서로의 몸
을 툭툭 치고 있다. 잘은 모르겠지만 이런 방식으로 연결되
게 만드는 게 사랑인 걸까 싶었다.

이렇게 내 곁에 몸을 맞대고 있는 이 아이가, 같은 공기
를 마시고 내쉬는 이 아이가, 내가 풀어야 할 암호가 아닌
새로 만나 볼 작은 세계처럼 느껴졌다. 길유진은 할아버지
와 부침개와 초코바 말고도 뭘 좋아하는지, 수업 시간에

멍때릴 땐 주로 뭘 생각하는지, 자전거를 잘 타는지, 유진의 부모님도 S.E.S 팬클럽에서 만나 딸 이름이 유진인 건지, 더불어 지금 유진이 할아버지 유튜브 재생 목록엔 무엇이 들어 있는지.

나는 그런 것들이 좀 궁금해지기 시작했다.

....

오랜 시간 엄마는 내게 풀리지 않는 수수께끼 같은 존재였다. 사람 좋아하고 오지랖 넓고 한시도 가만히 있지 못하고 일을 벌이고 잘 나서고. 반대로 엄마는 내가 답답했을 거다. 소심하고 조용하고 집 밖에 잘 안 나가고 사회성도 떨어지고 친구도 없고 등등. 부모와 자식이어도 우리는 마치 다른 별에서 온 종족처럼 달랐다. 지금처럼 MBTI가 있어 간단하게 나는 'I' 기질이고 엄마는 'E' 기질이군요, 하고 정의했으면 나았을까. 무수한 오해와 갈등. 반목, 상처를 지나 내 나이 중년에 와서야 엄마를 간신히, 아주 조금씩 이해하게 되었다. 엄마의 오렌지색 머리카락이 요새는 정말 귀엽고 사랑스럽다. 팔순 잔치에도 머리가 오렌지색이고 여전히 샤넬 향수를 뿌렸으면 좋겠다.

영화 '흐르는 강물처럼'에 이런 말이 나온다. '완전히 이해할 순 없어도 완전히 사랑할 수 있다.(We can love completely without complete understanding.)' 20년 전에도 이 문장을 알았지만 그렇게 하지 못했다. '무수한 오해와 갈등, 반목, 상처'를 지나지 않았더라면 완전한 사랑에 도달할 수 없는 게 나란 인간일지도 모른다. 게다가 아직도 완전함과는 거리가 멀다. 하지만 효리 할머니 말에 따르면 인간은 태어나 100번쯤 변한다고 한다. 누군가의 마음을 오롯이 들여다보거나 상상하며 인간은 이전과 다른 존재로 변화하는 것 아닐까. 그렇다면 내게도 아직 기회가 쉰다섯 번쯤은 남아 있으리라 믿는다.

조우리

프렌드와 　　　김중미

시
스
터
사
이

일주일 전, 국어 시간에 자기소개서를 쓴다고 했을 때 잘못 들은 줄 알았다. 우리 반에는 대학 갈 아이들이 절반도 안 된다. 그중에서도 자기소개서를 쓰는 대학에 갈 아이는 한둘 정도다. 우리 반에는 글을 쓰기는커녕 말로 자기소개를 하기도 어려워하는 친구들이 많다. 우리 반 전체에게 자기소개서를 쓰라고 하면서 선생님이 나에게는 고아영의 인생 이야기를 쓰라고 했다. 왜 그런 걸 써야 하냐고 투덜대니까 선생님이 말했다.

"고아영이 글을 가장 잘 쓰잖아."

하긴 틀린 말은 아니다. 내가 글을 좀 잘 쓰긴 한다. 우리 학교 백일장에서 내가 장원을 했으니까. 선교생 60명 중 장원이라 좀 민망하기는 하지만.

작년 가을 나는 이 학교로 전학을 왔다. 아빠와 이혼하고 엄마는 고향인 이 마을로 이사를 와서 외할머니가 살던 낡은 한옥을 고쳐 도자기 공방과 카페를 만들었다.

"여기서 도자기 수업도 하고, 그림 수업도 할 거야. 네가 바리스타 자격증을 따면 그때 카페도 시작할 거야. 절대로 아영이 너 때문에 이리로 왔다고 생각하지 마. 엄마도 이제 입시학원 강사 이런 거 그만하고 내가 하고 싶은 일 하며 살고 싶어."

마을과 집은 마음에 들었다. 한 가지 걸리는 건 학교였다. 아무리 작은 곳이라고 해도 나는 낯선 환경, 특히 학교에 적응하는 게 힘들었다. 유치원에서 초등학교, 중학교, 고등학교 올라갈 때마다 죽을 만큼 힘들었는데, 고등학생 때 전학이라니 거부할 수만 있다면 끝까지 거부하고 싶었다. 그런데 막상 이 학교로 오고 나서는 왜 진작 전학을 오지 않았을까 후회했다.

우리 학교는 고등학생 30명, 중학생 30명인 작은 학교다.

전교생의 3분의 1 정도가 느린학습자다. 우리 학교에 느린학습자들이 많아진 건 교장 선생님 덕분이다. 도시 학교에 적응하지 못한 학생이나 학교폭력 피해로 마음의 상처를 입은 학생들이 이 작은 학교로 한둘씩 전학을 왔다. 교장 선생님이 가만히 보니 그 친구들 대부분이 느린학습자였단다.

교장 선생님은 서울에 있는 복지관과 느린학습자를 연구하는 교수님을 찾아다니며 맞춤 교재를 찾고 여러 교육 방법도 공부해 왔다. 그리고 국어 선생님, 사회 선생님과 마음을 모아 느린학습자 반을 운영했다. 또 지역 주민들을 강사로 초빙해서 제빵 제과, 바리스타, 미술, 밴드 교실을 열어 모든 학생이 다 참여할 수 있게 했다. 그랬더니 그동안 학교 부적응, 학습 부진이란 낙인이 찍혔던 학생들이 달라지기 시작했다. 학교를 그만두겠다던 학생들이 무사히 졸업도 했다. 그 소문이 나면서 학생이 점점 늘어 우리 학교는 폐교 위기를 넘겼다.

1년 전까지만 해도 나는 글 쓰는 것에 자신이 없었다. 그런데 학교에서 한 달에 한 번씩 한 가지 주제를 가지고 글을 쓰고 토론을 하면서 내 안에 생각하는 힘이 있다는 걸 알았다. 그동안 우리가 함께 공부한 주제는 돈, 직업, 미래, 우정, 사랑, 행복, 평화, 인권, 노동 등이다. 나는 교과서가 늘 어려웠다. 그러나 그 어려운 교과서가 아니라 나에게 맞는 교재로 공부하고 나니까 점점 궁금한 게 많아지고 생각도 많아졌다.

지금부터 나의 19년, 정확히 16년 10개월의 인생에 대해 말하려고 한다. 이 글은 느린학습자 고아영의 사랑과 우정에 관한 이야기다.

나는 친구들이랑 어울리는 게 좀 힘들었다. 유치원 때부터 그랬다. 친구들이 좋아하는 블록이나 퍼즐 놀이는 복잡하고 재미가 없었다. 내가 가장 좋아하는 건 인형 놀이였다. 인형을 가지고 놀면서 내가 강아지나 곰이 되는 게 즐거웠다. 그렇지만 초등학교에 가서는 그렇게 놀 수가 없었다. 친구들은 내가 말을 하면 시큰둥했다. 친구들 말은 내가 재미없었다. 그래서 쉬는 시간마다 혼자 있는 시간이 많아졌다. 나중에는 수업 시간보다 쉬는 시간 10분이 더 힘들었다.

점점 수학 시간이 지루해지기 시작했다. 나는 선생님이 왜 굳이 10을 4와 6으로 혹은 3과 7로 가르고, 다시 모으라고 하는지 이해되지 않았다. 엄마는 그건 이해할 필요가 없이 무조건 해야 하는 거라고 했지만 나는 이해하고 싶었다. 어느 날 담임선생님의 전화를 받은 엄마는 수학 학습지를 신청하는 것으로도 모자라 서점에 가서 기초 수학 문제집을 몇 권씩 사다 놓고 저녁마다 억지로 풀게 했다. 그러나 나는 1학년이 끝나 가도록 10을 넘어서지 못했다.

아마 초등학교 2학년이었을 거다. 학원에서 덧셈 뺄셈 종합 문제를 풀다가 아주 쉬운 문제 하나가 나왔다. 문방구에 가서 80원짜리 연필 세 자루, 40원짜리 지우개 한 개, 100원짜리 공책 두 권을 사고 500원을 내면 거스름돈을 얼마 받아야 하는지 계산하는 문제였다. 별 고민 없이 답을 썼다.

"문방구 아저씨가 알아서 거슬러 줍니다."

내 문제집을 들여다보던 학원 선생님이 인상을 찌푸렸다.

"아영아, 수학 문제집에다 이런 장난을 하면 안 되지."

"장난 안 했는데요?"

"문방구 아저씨가 알아서 거슬러 준다는 말을 써 놓고 장난이 아니라고?"

"네, 문방구에 가면 아저씨가 알아서 거슬러 주세요."

선생님 얼굴이 무섭게 변했다.

"고아영 자꾸 말대답할래?"

나는 울음이 나오려는 걸 꾹 참고 대답하는데 선생님은 그걸 말대답이라고 했다. 선생님은 눈물을 훔치는 나를 내 립떠보았다.

"장난도 아니고, 말대답도 아니고. 그럼 너 바보니?"

"네? 네, 아니, 아닌데요."

나는 선생님의 윽박에 횡설수설하다가 울음을 터뜨리고 말았다. 그날 이후 학원에서 내 별명은 바보가 되었다. 얼 마 지나지 않아 그 일은 학교까지 소문이 나고 말았다.

나는 자주 울었다. 이상하게 선생님들은 나만 미워하고 혼냈다. 밥을 늦게 먹는다고 혼내고, 편식한다고 혼냈다. 다 른 애들은 다 선생님 말씀에 집중하는데 나 혼자 딴청 부 린다고 혼냈다. 집에 와서 이야기하면 엄마는 선생님이 혼낼 만해서 혼낸 거라고 선생님 편을 들었다. 아빠는 내가 말귀를 못 알아듣는다고 자주 화를 냈다. 엄마는 내 청력에 문제가 있는 건 아닌가 해서 이비인후과에 데려가 검사까지 했다. 그러나 나의 청력에는 이상이 없었다.

명절도 내게는 큰 스트레스였다. 명절마다 사촌들끼리 별채에서 따로 놀며 지냈는데 그게 나를 숨 막히게 했다. 윷놀이는 그럭저럭 따라 했지만 박자에 맞춰 이름 대기 같은 게임은 규칙이 어려워 따라가지 못했다. 보드게임은 아예 넘보지도 못했다. 그래서 늘 나보다 어린 동생들이랑 인형 놀이나 소꿉놀이를 하며 놀았다. 어른들은 내가 착해서 동생들이랑 잘 놀아 준다고 칭찬했다. 내 속을 모르는 어른들이 야속했다. 언제부턴가 명절이 다가오면 머리가 아팠다. 한번은 큰엄마와 작은엄마가 있는 자리에서 엄마가 농담처럼 말했다.

"우리 아영이는 명절증후군이 있어요. 명절만 다가오면 머리가 아프대요."

그때 작은엄마가 엄미힌데 밀했나고 한다. 내가 또래들

이랑 어울리는 게 어려워 보인다고. 동생들하고만 노는 걸 착하다고 칭찬만 할 게 아니라 검사를 한번 받아 보라고. 그런데 엄마는 그 말이 고까워 그날 이후로 명절에 할머니 댁에 가지 않았다. 항상 아빠와 오빠만 갔다. 처음엔 그게 섭섭했는데 나중에는 편했다. 엄마는 한참 뒤에야 작은엄마 말에 귀 기울이지 않은 것을 후회했다.

3학년 때 담임선생님은 학기 초부터 나머지 공부를 시켰다. 내가 그때까지도 구구단을 못 외웠기 때문이다. 평소엔 다정하고 재미있는 선생님이었지만 나머지 공부를 시킬 때는 무척 엄했다.

아무리 외워도 나는 2, 3단을 넘어가지 못했다. 4단을 외우면 겨우 외웠던 3단이 가물가물하고, 5단을 외우고 나면 4단이 생각나지 않았다. 다정하고 친절했던 선생님의 목소리에 점점 짜증이 묻어났다. 나머지 공부는 여름방학 전까지 계속됐고 나는 학교 갈 시간이 되면 배랑 머리가 아팠다. 여름방학 때는 다행히 그 증세가 사라졌다가 개학이 다가오면 다시 아프기 시작했다. 개학 날 새벽에는 응급실까지 갔다. 검사 결과 아무 이상이 없었다. 의사 선생님은 심리적인 문제인 것 같다고 했다.

6학년 봄, 현장 체험학습을 앞두고는 숨을 쉬지 못할 정도로 배가 당기고 머리가 깨질 것처럼 아프기 시작했다. 한밤중에 기어이 응급실까지 갔지만 아무 문제가 없었다. 집에 돌아와서 엄마에게 물었다.

"나 체험학습 안 가면 안 돼? 놀이공원 가서 혼자 다닐 수는 없잖아."

엄마가 화난 얼굴로 나를 바라보았다.

"6학년이 되도록 친구가 없어서 체험학습을 안 가겠다고 하는 게 말이 되니? 네가 친구들에게 먼저 다가가려고 노력해야지. 언제까지 친구 문제로 이렇게 징징거릴 거야."

"노력해 봤어. 먼저 말도 걸고. 근데 애들이 나랑 얘기하는 걸 별로 좋아하지 않아."

그때 옆에서 책을 보던 오빠가 빈정거렸다.

"6학년씩이나 된 애가 콩순이, 뽀로로나 좋아하는데 애들이 너랑 얘기하고 싶겠냐? 그냥 너도 게임을 해. 뭔가 공통된 관심사라도 있어야 친구가 생기지."

그 말을 들은 엄마가 오빠한테 초등학생들 사이에서 가장 유행하는 모바일 게임을 가르쳐 주라고 했다. 게임 강습료로 두 시간에 5천 원씩 주겠다고 했다. 엄마가 나를 놓고 거래를 하는 것 같아 조금 기분이 나빴지만 그렇게라도 게임을 배우면 도움이 될 것 같았다. 그러나 오빠는 며칠 지나지 않아 아르바이트를 포기했다.

"얘랑 놀다가는 내 머리가 터져 버릴 것 같아. 알아듣는 재미가 있어야 같이 게임이라도 하지."

나는 생각했다. 친오빠도 포기한 나를 친구들이 좋아할 리가 없다고. 아무런 대책도 없이 현장 체험학습이 다가왔다. 마음을 비우고 침대에 누웠는데 갑자기 배가 아팠다. 다리를 펼 수 없을 정도였다.

"엄마, 나 체험학습 가는 대신 차로 용인까지 데려다주면 안 돼?"

"엄마 차 타고 오는 애들이 어디 있니? 아영아, 제발 그만해."

엄마의 짜증에 진짜 속마음을 털어놓았다.

"버스에 나 혼자 앉아서 가야 한단 말이야."

"버스 자리 선생님이 정해 주지 않으셨어?"

"우리 선생님은 자율을 좋아해."

"빈자리가 있겠지."

"당연히 빈자리야 있지. 내가 자리가 없을까 봐 걱정하는 것 같아? 그런 거 아니야. 이미 친한 애들끼리 다 자리 정했다고. 아무도 나한테 같이 앉자고 말 안 했다고."

내가 울음을 터뜨리자 엄마는 한숨만 쉬었다. 그러다 핸드폰을 들고 안방으로 들어갔다. 혹시나 해서 엿들으니 아니나 다를까 옆 동에 사는 엄마 친구한테 전화를 걸고 있었다. 나는 방문을 열고 소리쳤다.

"누가 최하율이랑 같이 앉고 싶댔어? 전화 끊어, 끊어! 끊으라고."

엄마가 당황해서 전화를 끊고 성난 얼굴로 말했다.

"하도 징징거리니까 하율이한테 부탁하려고 했던 거잖아. 엄마가 통화하고 있는데 그게 무슨 말버릇이야?"

"하율이는 내 친구 아니란 말이야. 하율이 엄마랑 엄마가 친구면 나랑 최하율도 친구야? 왜 내가 부탁도 안 했는데 맘대로 그러냐고."

하율이는 어린이집, 유치원을 같이 다녔고 초등학교까지 같은 데를 다니고 있지만 내 친구는 아니었다. 하율이는 그냥 엄마 친구 딸이었다. 나는 계속 하율이와 엮이는 게 싫었다. 하율이가 학원에서 있었던 일을 학교에 소문낸 뒤로 나는 하율이와 절교했다. 하율이는 자기가 그런 게 아니라고 억울해했지만 나는 하율이가 그랬다는 걸 알고 있었다. 엄마는 그것도 모르고 하율이 엄마한테 전화해서 나랑 같은 자리에 앉아 달라고 부탁한 거였다. 너무 창피하고 화가 났다.

"넌 왜 하율이를 그렇게 싫어해?"

"내가 싫어하는 게 아니라 하율이가 나랑은 안 논다고. 하율이는 우리 학교 핵인싸야. 걔가 나랑 버스에 같이 앉고 싶을 것 같아?"

엄마가 화난 얼굴로 말했다.

"네 맘대로 해. 체험학습 가지 마."

막상 엄마가 그렇게 말하니 더는 안 간다고 떼를 쓸 수 없었다. 눈이 퉁퉁 부은 채로 집을 나섰다. 학교 운동장에는 이미 관광버스가 와 있었다. 6학년 3반 버스를 찾아가니 그 앞에 하율이와 친구들이 모여 있었다. 아이들이 나를 흘끗거리며 웃는 것 같아 기분이 상했다. 하율이가 이미 내 얘길 한 거였다. 하율이한테 눈을 흘겨 주고 버스를 타려는데 하율이가 다가왔다.

"고아영, 나 원래 친구들이랑 같이 앉기로 약속을 했어. 미안해."

"너 쟤네한테 우리 엄마가 부탁한 거 말했어?"

하율이가 정색하며 말했다.

"아니. 그런 말을 내가 왜 해? 걱정 마, 그런 말 안 했어."

하율이가 나를 불쌍하게 내려다보며 어깨를 토닥였다. 하율이가 나를 제 동생이라도 되는 양 어깨를 토닥이는 게 아주 기분이 나빴다. 그렇지만 다른 애들이 쳐다보고 있어서 꾹 참았다. 친구들 앞에서 착한 척하는 하율이가 얄미웠다. 나는 하율이가 생각하는 것만큼 어리석지 않았다. 그래서 하율이 말을 절대 믿지 않았다.

버스 맨 앞자리에 박미소가 앉아 있었다. 미소는 나처럼 친구가 없었다. 몸이 약해서 학교에 오는 날보다 안 오는 날이 더 많은 애였다. 그래도 그즈음 며칠은 결석하지 않고 학교에 나오고 있었다. 나는 맨 뒤에 혼자 앉을까 하다가 그냥 미소 옆에 앉았다.

"안녕?"

미소가 이름처럼 예쁘게 웃어 주었다.

"안녕."

내가 어색하게 웃자 미소가 물었다.

"너도 멀미해?"

"아니. 그냥 네가 혼자 있어서."

내 말에 미소가 활짝 웃었다.

"고마워."

미소랑 버스에서 젤리를 나눠 먹었다. 그날 놀이공원에서 미소와 같이 다녔다. 그런데 미소는 초등학교 1학년 아이들보다도 키가 작아서 타지 못하는 놀이 기구가 많았다. 회전목마를 빼고는 거의 못 탔다. 회전목마를 세 번쯤 타고 내려오면서 미소가 말했다.

"아영아, 이제 다른 애들이랑 다녀. 나 때문에 재미없잖아."

"재미는 없지만 다른 애들은 나랑 노는 거 싫어해. 할 수 없이 너랑 다녀야 해."

미소가 나를 빤히 처다보다가 까르르 웃으며 말했다.

"나도 그래."

그날 현관에서 나를 맞이하던 엄마가 내 얼굴을 유심히 살피며 물었다.

"재미있었나 보네? 얼굴이 밝네?"

"어떻게 알았어?"

엄마에게 미소 이야기를 해 주었더니 미소에 대해 꼬치 꼬치 물었다. 그런데 미소에 대해 아는 게 거의 없었다. 엄마가 어이없는 표정으로 물었다.

"같이 다니면서 서로 얘기도 안 했어?"

"아니야, 얘긴 많이 했어."

엄마한테 그날 미소와 나눈 이야기를 기억나는 대로 말해 주었다. 어느 순간 엄마 얼굴이 굳었다.

"미소랑 다니는 거 재미없었다고?"

"응."

"미소랑 다녀서 좋았다며?"

"응."

"재미없는 건 뭐고, 좋은 건 또 뭐야?"

"놀이 기구를 못 타서 재미는 없었지만 미소랑 다닌 건 좋았어."

"그럼 미소한테도 그렇게 말해야지. 아영아, 친구 사이에도 오해가 쌓이지 않게 말을 조심해서 해야 하는 거야. 친구를 사귀려면 친구의 마음을 잘 헤아려야 해."

엄마 말에 머릿살이 어지러워졌다.

"어떻게 친구 마음을 헤아려?"

"이럴 때 나라면 어떨까 생각해 보는 거지."

"나라면 어떨까? 왜 그렇게 생각해야 해? 미소는 미소고, 나는 난데."

소파에 누워 축구를 보던 오빠가 참견했다.

"아, 답답해. 미소라는 애, 걔도 너랑 안 논다에 내가 백만 원 건다."

엄마가 빈정거리는 오빠를 꾸짖었다.

"대영이 너 자꾸 동생한테 그렇게 말할래? 네 방으로 들어가."

오빠가 발을 쿵쿵거리며 들어갔다. 엄마는 나를 달래듯 말했다.

"아영아, 친구를 사귀려면 친구가 기분 나빠 할 말은 하지 않는 거야."

"다른 애들은 나한테 기분 나쁜 말도 막 하는데?"

"미소는 안 그러잖아."

"그렇지."

"그러니 미소한테는 너도 한번 더 생각하고 말해야 해."

"알았어. 다음에는 재미없어도 재미있다고 할게."

엄마가 떨떠름하게 웃으며 한숨을 쉬었다. 그러나 그 웃음의 의미를 잘 몰랐다. 이제 나는 웃음에도 여러 가지 의미가 있다는 걸 알지만 그때는 표정을 보며 사람의 마음을 상상하는 게 어려웠다.

엄마 말대로 미소 덕분에 현장 체험학습이 좋았다고 말해 주려고 했다. 그러나 미소는 다음 날 학교에 오지 않았다. 미소는 늘 그랬다. 며칠 학교에 나오면 그 두 배는 결석했다.

미소와 친해지고 나니까 미소가 학교에 오지 않는 날이 허전하고 외롭게 느껴졌다. 나는 친구란 서로를 그리워하는 마음이라고 생각했다. 어쩌다 미소가 학교에 오는 날엔 하루 종일 같이 붙어 다녔다. 쉬는 시간마다 창가에서 둘이서만 속삭이고, 점심을 먹고 나면 둘이서만 운동장을 한 바퀴 돌았다. 점심시간에 누구 옆에 앉을지 고민하지 않는 게 얼마나 행복한지 그때 알았다.

미소는 아플 때 음악을 많이 듣고 뮤비도 많이 본다고 했다. 그래서인지 아이돌 노래를 많이 알고 있었다. 미소는 드라마도 좋아했다. 특히 남주혁 배우가 좋다고 했다. 나는 드라마를 별로 좋아하지 않았다. 드라마는 너무 길었고 배우들이 하는 말이 어려웠다. 나는 먹방이나 아기들이 나오는 예능이 좋았다. 그래도 미소 때문에 남주혁 배우가 나오는 드라마를 찾아서 보기 시작했다. 미소가 아프지 않고 건강해져서 날마다 학교에 오게 해 달라고 빌었다. 또 나중에 미소가 남주혁 배우랑 꼭 결혼하게 해 달라고 빌었다.

미소는 가을이 되도록 학교에 오지 않았다. 아이들은 미소가 원래 없던 아이라고 생각하는 것 같았다. 아무도 미소를 궁금해하지 않았다. 내가 학교에 오지 않아도 그럴 것 같았다. 그래서 슬펐다.

미소가 학교에 오지 않는 채로 빼빼로데이가 돌아왔다. 미소랑 특별한 과자를 주고받기로 약속을 했던 터라 많이 서운했다. 과자 하나 못 받고 혼자 멀뚱멀뚱 앉아 있을 생각을 하니 학교에 가기 싫어졌다. 어떻게 하면 하나라도 받을 수 있을까 고민하다가 반 아이들한테 과자를 다 돌리기로 했다. 엄마와 마트에 가서 과자를 스물다섯 개 샀다.

"이번에는 그대로 가져오지 말고 꼭 나눠 줘야 해."

"알았어."

엄마가 슬픈 표정으로 고개를 절레절레 저었다. 나는 엄마의 그런 표정에 짜증이 났다.

"왜? 내가 또 뭐 잘못했어?"

"아니, 그냥 속상해서. 우리 아영이 마음을 알아주는 친구들이 있으면 좋을 텐데. 미소는? 미소는 아직 안 와?"

"응. 어쩌면 올지도 몰라. 자기가 조금이라도 나으면 꼭 올 거라고 약속했거든. 그래서 미소 건 좋은 걸로 살 거야. 제과점 가서. 그래도 되지?"

"물론이지."

　과자를 들고 교실에 들어가자마자 미소 자리를 보았다. 여전히 비어 있었다. 슬펐다. 아이들은 내가 슬퍼하는 것 따위에는 조금도 관심이 없었다. 서로 과자를 주고받으며 깔깔깔 웃었다. 아이들 눈치를 보며 과자를 나눠 줄 기회를 보았다. 그런데 언제 어떻게 줘야 자연스러울지 알 수가 없었다. 과자가 담긴 봉투를 끌어안고 눈치만 보는데 하율이가 오더니 봉투를 가리키며 물었다.

　"그거 나눠 주려고 사 온 거야?"

　"응."

　"근데 왜 그냥 가지고 있어?"

　"어, 그냥."

　"너 부끄러워서 그러지?"

　"응."

　"도와줄까?"

　나는 선뜻 봉투를 건네지 못했다. 예전 학원 일도, 체험 학습 때 일도 하율이가 친구들한테 말하지 않았다는 걸

엄마한테 들어서 알게 됐지만 여전히 하율이가 껄끄러웠다. 아주 어렸을 때부터 엄마 친구들이 모이면 항상 나와 하율이를 비교했다. 하율이는 나보다 빨리 걸었고, 말도 빨랐고, 한글도 빨리 뗐다. 하율이 엄마는 하율이가 그냥 평균이라고 말했지만 하율이는 공부를 잘하고, 친구들한테 인기도 많고, 키도 컸다. 하율이가 평균이면 나는 평균보다 한참 밑이라는 뜻이었다. 그래서 나는 혼자서 하율이를 질투하고 불편해했다.

"내가 나눠 줄게. 너 그러다 또 4학년 때처럼 그냥 집에 가져갈래?"

하율이는 나를 도와준다면서 아픈 기억을 되살렸다.

"네가 나눠 주는 거라고 꼭 말해 줄게."

마지못해 하율이한테 봉투를 건네려는데 갑자기 나래가 와서는 봉투를 낚아챘다. 그러고는 말릴 새도 없이 큰 소리로 외쳤다.

"얘들아, 고아영이 과자 나눠 준대. 받아."

그러면서 과자를 아이들을 향해 던지기 시작했다. 어떤 아이는 야구공을 받듯 허공에서 낚아채며 여러 개를 챙기

고, 어떤 아이는 교실 바닥에 떨어진 것을 투덜거리며 주웠
다. 뒤늦게 교실로 들어온 아이들은 받지도 못했다. 아무리
참아도 자꾸 눈물이 나왔다. 하율이가 어쩔 줄 모르다가
나래 손에 있는 봉투를 뺏었다.

"김나래, 장난이 너무 심하잖아."

"장난 아닌데? 난 선의로 도와준 건데?"

어찌나 깐족대는지 마음 같아서는 뺨이라고 때려 주고
싶었다. 하율이가 나래한테 봉투를 뺏고 아이들을 향해 소
리쳤다.

"인간적으로 두 개, 세 개 가져간 애들은 도로 가져와라.
이거 아영이가 우리 반 애들한테 골고루 나눠 주려고 사
온 거야."

하율이 말에 과자를 여러 개 받았던 아이들이 가져왔다.
하율이는 나를 도와주려고 한 걸 테지만 나는 너무 창피
해 순간이동이라도 해서 그 자리에서 도망가고 싶었다. 그
러나 그건 불가능한 일이었다. 그래서 그냥 허겁지겁 가방
을 메고 교실 밖으로 나왔다. 복도에서 어디로 가야 할지
몰라 서성이는데 저만치에서 미소가 걸어오고 있었다. 미

소한테 달려갔다.

"왜 그래, 무슨 일이야?"

미소에게 교실에서 있었던 일을 말했다. 미소가 화가 난 얼굴로 불뚝거렸다.

"김나래 신경 쓰지 마. 걔 원래 그래. 나 4학년 때 김나래랑 같은 반이었잖아."

그러면서 분홍색 리본이 묶인 종이봉투를 내밀었다.

"내가 만들었어. 어제 엄마랑."

봉투 안에는 손가락 크기의 막대 과자가 있었다. 다크초콜릿, 화이트초콜릿, 핑크초콜릿을 입은 막대 과자 위에 글씨가 쓰여 있었다.

사랑하는 내 친구, 우리의 우정을 위하여, I LOVE YOU

그런 선물은 처음 받았다. 가슴이 벅차올랐다. 나도 가방에서 제과점에서 산 과자를 꺼내 미소에게 주었다.

"나는 직접 만들지 못했어."

"아니야, 고마워. 신난다. 엄마한테 자랑해야지."

환하게 웃던 미소가 이내 슬픈 표정을 지었다.

"근데 나 다시 가야 해. 오늘 입원해."

"입원? 왜?"

"나 다음 주에 수술해."

"수술?"

"응. 심장 수술. 이번에 잘되면 다시 안 해도 된대."

"내가 성당 가서 기도할게."

"고마워."

나는 미소를 주차장까지 바래다주었다. 미소 엄마가 차창을 내려 내게 인사를 했다.

"네가 아영이구나. 아영아, 고맙다."

그날 나는 과자를 두 개 더 받았다. 하율이와 선생님이 준 거였다. 그날은 하율이랑 선생님이 주지 않았어도 미소가 준 걸로 충분했을 거다. 크리스마스에는 내가 직접 케이크를 만들어 미소에게 선물해 주겠다고 마음먹었다.

미소는 수술한 지 일주일이 지나도록 연락이 없었다. 내가 보낸 메시지는 1이 사라지지 않은 채 그대로였다. 뭔가 잘못된 건 아닌지 마음을 졸이는데 방학식 날 담임선생님이 미소가 하늘나라로 갔다고 말했다. 미소와 친하지 않았던 아이들도 다 놀라서 울었다. 집에 가던 길에 엄마에게 전화를 걸었다. 걸을 힘이 없었다. 엄마가 조퇴하고 집으로 달려왔다. 엄마가 장례식장에 같이 가 주겠다며 미소 전화번호로 연락을 해 보라고 했다. 다행히 신호가 갔다. 전화를 받은 건 미소 엄마였다.

"저는 미소 친구……."

겨우 그 말만 했는데 목이 탁 막혔다.

"아영이구나. 미소가 아영이 덕분에 좋은 기억 가지고 하늘나라로 갔어. 미소한테 아영이가 첫 친구였어."

"저한테도요."

"그랬구나. 아영이는 우리 미소 몫까지 씩씩하게 건강하게 자라라."

나의 첫 친구 미소가 내 세계에서 사라졌다. 내 몸도 사라져 버릴 것 같았다. 엄마는 성당에 가서 미소를 위해 기도를 드리자고 했지만 나는 학교로 갔다. 방학인데도 다행히 상담실에 선생님이 계셨다. 4학년 때 상담 선생님을 처음 만난 이후로 나는 교실보다 상담실을 더 좋아했다. 상담 선생님과 이야기를 나누면 머리 아픈 게 낫고 가슴이 답답한 증상도 나아졌다. 상담 선생님한테 미소 얘길 하는데 눈물이 쏟아졌다.

집에 돌아가니 엄마가 허락도 없이 상담 선생님한테 갔다고 화를 냈다. 엄마도 내 마음을 몰랐다. 겨울방학 내내 집 밖으로 한 걸음도 나가지 않았다. 영어 학습지와 수학 학습지는 뜯지도 않은 채 쌓여 갔다. 어차피 해도 실력이 늘지 않아 재활용 쓰레기로 버려질 것들이었다. 나는 침대에 누워 하루 종일 미소가 좋아하던 노래만 듣고 또 들었다. 지방에서 일하다 주말에 집에 오는 아빠는 올 때마다 나를 못마땅해하며 엄마와 싸웠다.

"정신병원 가서 검사라도 해 봐. 쟤도 당신 동생처럼 무슨 장애 있는 거 아냐?"

아빠의 험한 말에 엄마가 목청을 높였다.

"그게 딸한테 할 말이야? 사춘기인데다 친구를 잃은 상실감이 커서 그런 거지. 당신은 이 집에 없는 게 나아. 차라리 나가."

어느 날 우연히 오빠와 엄마가 하는 이야기를 엿들었다.

"엄마, 난 아영이 상담 선생님 말씀이 맞는 것 같아. 검사 한번 해 봐. 그게 아영이를 위해서 좋을 거야."

엄마 목소리가 날카로워졌다.

"너도 아영이한테 장애가 있다고 생각하는 거야?"

"누가 그렇대? 엄마, 아영이가 요즘 웃는 거 봤어? 내 친구도 우울증으로 병원 다녀. 정신의학과 가면 심리검사랑 지능검사랑 다 해 준대."

오빠 말에 엄마가 갑자기 흐느껴 울었다. 엄마가 우는 소리가 듣기 싫어 이어폰을 귀에 꽂고 미소가 좋아하던 블랙핑크의 노래를 들었다.

엄마가 출근한 뒤 오빠에게 물었다.

"오빠도 내가 외삼촌처럼 장애인일 거 같아?"

"그게 무슨 말이야?"

"우리 상담 선생님이 나 검사해 보라고 했다며?"

"야, 삼촌은 발달장애였어. 넌 삼촌이랑 달라. 아빠가 몰라서 막말하는 거야."

"근데 엄마는 왜 나 검사하는 거 싫어해?"

"몰라, 걱정돼서 그러는 거지."

오빠가 다시 말을 했는지 엄마는 정신의학과에 검사를 예약했다. 그러나 나는 끝내 검사를 받지 못했다. 엄마가 취소하고 말았다. 그것 때문에 아빠와 엄마는 또 싸우고 아빠는 짐을 싸서 나갔다.

아빠는 있으나 마나 했다. 내가 유치원에 다닐 때 은행에서 정리해고를 당한 뒤 고시 공부를 한다고 절에 들어갔다. 그동안 엄마가 미술 교사를 하면서 살림을 꾸렸다. 아빠는 3년이 지나 고시 공부를 포기하고 돌아와 지방에 있는 회사에 취직했다. 엄마는 집안일을 하고 우리를 돌보면서 일까지 하는데 아빠는 회사만 다니다 주말에 집에 오면 하루 종일 누워서 빈들거렸다. 그러면서 어쩌다 내가 모르는 걸 물어보면 머리가 나쁘네, 외탁을 했네 하며 나와 엄마 속을 긁었다.

중학교 입학을 앞두고 엄마가 나를 학원에 데려갔다. 기초학력을 보강해 주는 학원이라고 했다. 거기서 미소가 좋아하던 남주혁 배우를 닮은 애를 만났다. 이름도 이주혁이었다. 그 아이는 초등학교 때 야구를 했는데 6학년 때 자전거를 타다 크게 다쳐 야구를 포기한 뒤 그동안 부족했던 공부를 하려고 학원에 왔다고 했다. 나는 첫눈에 이주혁한테 반했다. 학원에 가면 이주혁만 보였다. 이주혁은 내가 가는 모든 곳에 있었다. 학원 1층 편의점, 햄버거집, 휴게실 어디에서든 꼭 마주쳤다. 어쩌면 이주혁이 나를 쫓아다니는지도 모르겠다고 생각했다. 어느 날 밥을 먹다가 엄마한테 이주혁 얘기를 꺼냈더니 같이 밥을 먹던 오빠가 정색을 했다.

"걔가 널 왜 쫓아다녀. 편의점, 햄버거집 너희 학원 다니는 애들이 다 가는 데야. 제발 오버하지 마. 너 그러다 망신당해."

"오빠가 몰라서 그래. 저번에 이주혁이 나한테 비타민도 주고, 막대 사탕도 줬어."

"너만 줬어?"

"그건 아니지만. 막대 사탕 중에 내가 좋아하는 콜라 맛을 딱 골라 줬어."

"야, 네가 콜라 맛을 좋아하는지 사이다 맛을 좋아하는지 걔가 어떻게 알아. 그냥 우연이지. 고아영, 남자애들 행동에 의미 부여하고 그러지 마. 제발 부탁이야. 너 괜히 밸런타인데이 때 걔한테 초콜릿을 준다거나 하지 마라. 그럼 난 다시는 너 안 본다."

솔직히 오빠가 그 말을 할 때 철렁했다. 이주혁한테 초콜릿을 주려고 용돈을 모으고 있었기 때문이다. 오빠는 절대 주지 말라고 했지만, 나는 설날 받은 세뱃돈과 한 달 용돈을 모아 수입 과자점에 갔다. 내가 가진 돈을 다 털어서 크레파스 상자처럼 생긴 초콜릿 세트를 샀다. 이주혁은 자기가 가장 좋아하는 초콜릿이라며 기쁘게 받았다. 이주혁이 환하게 웃는 모습에 가슴이 터질 것 같았다. 그런데 이주혁은 그 자리에서 상자를 열더니 초콜릿을 다른 아이들에게도 나눠 주었다. 내가 준 초콜릿을 내 허락도 없이. 그러면서 2학년 언니가 준 평범한 초콜릿은 소중한 보물이라도 되는 양 가방에 넣었다. 그 행동의 의미를 묻는 내게 엄마가 말했다.

"아영아, 누군가를 좋아하는 건 나쁜 게 아니야. 그렇지만 상대방이 널 좋아하는 건 다른 문제야. 엄마가 보기엔 주혁이는 너를 그냥 친구로 생각하는 것 같아. 그러니 앞으로는 네 마음을 드러낼 때 조심해야 해."

며칠 후, 이주혁이 그 언니랑 사귄다는 소문이 돌았다. 나는 학원을 그만두었다.

중학교는 남녀공학이었다. 혼자 있는 내게 관심을 보이는 친구들은 거의 없었다. 수업은 더 어려워졌다. 쉬운 과목이 하나도 없었다.

국어 시간에 단편소설을 가지고 연극을 했다. 우리 조는 「자전거 도둑」을 선택했다. 연출은 반장인 나래가 맡고 배우는 모두 1인 2역을 하기로 했다. 나래는 나한테 소품과 음향을 맡겼다. 대본을 쓸 때 별 도움이 되지 않았다는 이유였다.

내가 할 일이 생각보다 많았다. 자전거를 비롯한 중요한 소품들을 집에서 챙겨 가야 했고, 인터넷에서 무료 음향을 찾아 편집해야 했다. 공연 날, 엄마의 도움을 받아 효과 음향과 음악 등을 연극 순서에 맞게 편집해서 핸드폰에 담았다. 다행히 편집을 잘해 왔다고 칭찬을 받았다. 리허설할 때까지는 모든 것이 순조로웠다.

공연을 앞두고 내 핸드폰이 감쪽같이 사라졌다. 무음으로 해 놓은 상태라 아무리 전화를 걸어도 찾을 수가 없었다. 내가 갔던 모든 곳을, 아니 가지 않았던 곳까지 샅샅이 뒤졌지만 끝내 찾지 못했다. 아이들의 원망이 쏟아져 나왔고 담임선생님은 핸드폰을 제대로 간수하지 않았다고 무섭게 혼냈다. 방송실 담당이 학교 안에서 핸드폰을 주운 사람은 시청각실로 가져오라고 방송까지 해 주었지만 공연 시간이 다가오도록 소식이 없었다. 결국 우리 조의 공연을 맨 뒤로 돌렸다. 나래가 다가와 쏘아붙였다.

"넌 어떻게 초등학교 때랑 달라진 게 하나도 없냐? 오늘 공연 망치면 다 네 탓이야."

1조가 공연을 하려는 순간, 시청각실 문이 열리고 방송반 3학년 언니가 들어왔다. 언니는 주머니에서 핸드폰을 꺼내 흔들며 말했다.

"이거 누구 거야?"

내 거라고 말을 해야 하는데 다리가 풀려 주저앉아 울음을 터뜨리고 말았다. 언니가 리허설 때 음향을 점검해 주고 수업을 들으러 가면서 내 패딩을 입고 갔던 거였다. 피아노

위에 쌓여 있던 여러 벌의 패딩 중 하필 언니 게 내 것과 브랜드와 색깔, 크기까지 같았다. 방송을 듣고도 자기가 내 패딩을 입고 갔다는 걸 몰랐다고 했다.

미안해서 어쩔 줄 모르는 언니한테 담임선생님은 그럴 수도 있는 일이라고 너그럽게 용서했다. 그런데 나한테는 옷이 바뀐 걸 그때까지도 몰랐느냐고 핀잔을 주었다. 내 패딩을 잘못 입고 간 건 그 언니인데 아무것도 모르고 있던 내가 잘못했다고 말했다. 우리 조 아이들도 나 때문에 공연을 망칠 뻔했다며 책임을 지라고 했다. 나래는 사과의 의미로 음료수라도 돌리라고 했다. 그래서 연극이 끝난 뒤 우리 조원들한테 음료수를 사 주었다.

그때까지는 내가 큰 잘못을 한 것 같았다. 그런데 곰곰이 생각하니 뭔가 억울했다. 집에 와서 그 이야기를 하자 오빠가 화를 냈다.

"너 진짜 바보야? 그게 왜 네가 미안할 일이야. 그 방송반 애랑 다른 애들이 사과해야지."

엄마는 그 일은 그냥 넘어갈 수 없다고 학교에 가서 따지겠다고 했다. 나는 엄마를 말렸다. 일을 크게 만들고 싶지 않았다. 그냥 보이지 않는 사람이 되고 싶었다. 아무에게도 눈에 띄지 않는 투명 인간이면 좋겠다고 생각했다. 그리고 그 뒤로 나는 정말 투명 인간처럼 지냈다. 아예 존재하지 않는 아이처럼, 그림자처럼 그렇게 지냈다.

중학교 3학년 때 또 같은 반이 된 나래가 초여름쯤 우리 아파트로 이사를 왔다. 그때부터 나래는 집에 갈 때마다 장난처럼 내 뒤에 바짝 붙어서 버스를 탔다. 그러고는 기사님한테 말했다.

"두 사람이요."

그렇게 나는 나래의 버스비를 대신 내게 됐다. 그걸로도 모자라 나래는 거의 날마다 편의점에 가서 자기가 먹을 삼각김밥이나 콜라 같은 걸 내 카드로 계산하게 했다. 나래를 학폭위에 고발하고 싶었다. 내 속마음을 읽은 듯 나래는 나한테 협박했다.

"누구한테 말하지 마라. 그래 봤자 네 손해야. 반장인 내 말을 믿겠냐, 꼴찌에다 학교 부적응아라고 소문난 네 말을 믿겠냐?"

하율이가 이 사실을 알기 전까지 내 교통카드와 체크카드는 나래와 나의 공용 카드가 되었다. 하율이는 우연히 같은 버스를 탔다가 내가 나래 것까지 내는 걸 봤다. 그날 하율이가 다짜고짜 우리 집에 들이닥쳐서 물었다.

"언제부터야?"

"뭐가?"

"네가 김나래 버스비 내 주기 시작한 거."

당황한 나는 아니라고 하지 못하고 사실대로 말하고 말았다.

"얼마 안 됐어. 걔 이리로 이사 오고 나서."

"또, 김나래가 너한테 뭘 뜯어 갔어?"

"그냥 가끔 편의점에서……."

하율이가 화를 냈다.

"걔 부자야. 걔가 뭐 돈이 없어서 너한테 그랬겠냐? 그냥 만만해서, 재미로 그러는 거야. 도대체 왜 그걸 참고 있었어? 너희 엄마한테 말하거나 담임한테 말하면 학폭위라도 열렸을 텐데."

"누가 내 말을 믿겠어? 반장이고, 공부도 잘하고, 인기도 많고, 선생님들도 다 걔 좋아해."

"그게 이거랑 무슨 상관이야?"

"내가 말하면 누가 믿어. 증거도 없는데."

"증거? 찾으면 되지. 이번에 그냥 안 넘어가. 걔가 너한테 사과하게 할 거야."

"그러지 마. 네가 왜 그래? 나 괜찮다고. 걔 얼마 안 있으면 기획사 연습생 된다며. 그러면 학교도 잘 안 올 거니까 그냥 내가 조금만 더 참으면 돼. 네가 나서면 나만 더 힘들어진다고."

"걱정 마. 김나래는 내가 잘 알아. 꼭 사과하고 다시는 못 그러도록 만들어 줄게."

하율이는 편의점에 가서 학교폭력 때문에 그런다며 점장에게 나래 사진을 보여 주었다. 그동안 나래가 내 카드로 물건을 샀다는 걸 확인받고 바로 전날 컵라면과 소시지를 사서 먹는 CCTV 영상까지 복사했다.

그다음 90번 버스 기사님을 찾아가 내가 나래 차비까지 번번이 냈다는 확인을 받았다. 기사님은 그렇지 않아도 나래와 나를 유심히 보고 있던 차라며 내가 항상 나래 차비까지 내는 게 수상했다고 말했다.

하율이는 나를 데리고 나래를 만나러 갔다. 하율이는 나래한테 단호하게 말했다.

"김나래, 다시 한번만 더 얘 괴롭히면 학교에 신고할 거야. 편의점 점장님, 90번 버스 기사님한테 다 확인받아서 여기 저장했어. 이거 내가 죽을 때까지 보관할 거야. 그리고 네가 한번만 더 고아영 괴롭히면 SNS에 뿌릴 거야. 너 다음 달부터 연습생 생활한다며? 잘해라. 안 그러면 이거 확 뿌릴 거니까."

그리고 기어이 나래가 나한테 사과하게 만들었다. 집으로 돌아오면서 하율이에게 물었다.

"왜 나한테 잘해 줘?"

"잘해 주는 거 아니야. 그냥 정의를 실현한 것뿐이야. 김나래는 한번쯤 혼이 나야 해."

하율이는 나를 친구로 도와준 게 아니라고 했다. 나도 알았다. 나는 하율이 친구가 되기에는 부족한 게 너무 많았다.

중3 마지막 기말고사를 보고 나서 담임선생님이 엄마를 학교로 불렀다. 엄마는 그제야 나를 데리고 병원에 갔다. 병원에서 세 시간도 넘게 검사를 받았다. 얼마 뒤 결과가 나왔다. 담당 선생님은 내가 느린학습자라고 했다. 선생님은 내가 상처라도 받을까 봐 조심스럽게 단지 다른 친구들에 비해 좀 느린 사람이라고 말했지만 나는 오히려 마음이 후련해졌다. 머리가 나쁘다는데 후련하다니 정말 바보인가 하고 생각할 사람도 있을 거다. 누구든 똑똑한 사람이 되고 싶을 테니까. 하지만 나는 느린학습자라는 진단을 받기 전까지 내가 어떤 사람인지 몰라 더 힘들었다. 그래서 선생님이 나에 대해 차근차근 설명해 줄 때 오히려 마음이 편해졌다.

엄마는 뒤늦게나마 속마음을 이야기했다.

"엄마는 그동안 겁이 났어. 혹시 내 딸이 장애 판정을 받을까 봐. 그래서 지능검사를 받게 하라는 네 작은엄마와도 소원해졌는데, 초등학교 때 상담 선생님도 똑같은 말을 하더라. 널 위한 말인데 왠지 나를 공격하는 것처럼 느껴졌어. 너희 할머니랑 아빠가 대영이랑 너 태어났을 때 장애가 있는지 없는지부터 확인하는 걸 보고 피해의식이 생겼던 것 같아. 내가 어리석었어. 아영아, 정말 미안해."

오빠는 내 지능검사 결과를 듣고 말했다.

"코끼리보다는 높고 돌고래보다는 낮네. 뭐 그래도 그건 평균치니까."

오빠 말에 기분이 나빴지만 그렇다고 화를 내기도 뭐해 참았다. 그때부터 엄마는 느린학습자에 대해 공부를 시작했다. 인터넷 카페에 가입하고 서울까지 모임을 하러 갔다. 그러면서 나를 대하는 태도가 조금씩 바뀌었다.

내가 느린학습자라는 걸 안 아빠는 나를 앞에 두고 이렇게 말했다.

"그럴 줄 알았어."

엄마는 그 말이 아주 모욕적이었다고, 그 말에 이혼을 결심했다고 털어놓았다. 나 때문에 엄마 아빠가 이혼하는 것 같아 오빠에게 미안한 마음이 들었다.

"엄마 아빠 이혼하면 오빠는 어떻게 할 거야?"

"뭘 어떻게 해. 나야 대학 입학하면 어차피 기숙사 들어갈 건데."

"나 때문에 엄마 아빠가 이혼하는 거지?"

"뭔 소리야? 우리랑 상관없는 일이야."

오빠가 내 탓을 하지 않아 좀 이상했지만 그래도 마음이 놓였다.

나는 얼마 전 바리스타 자격증을 땄다. 태어나서 처음 딴 자격증이라 아주 자랑스럽다. 우리 반은 지난 1년 동안 일주일에 두 번씩 바리스타 수업을 받았다. 교장 선생님이 학교 옆에 있는 카페 사장님을 찾아가 부탁했다고 한다. 학원에서는 두 달이나 석 달이면 될 과정을 1년 과정으로 만들어 달라는 부탁에 카페 사장님은 흔쾌히 허락했다. 나는 그렇게 만들어진 느림보 바리스타 학교의 2기 수료생이다.

엄마와 카페에 걸 그림을 정리하고 있는데 문이 덜컥 열리더니 민호가 들어와 나를 얼싸안았다.

"아영아, 나도 붙었어."

"진짜 축하해."

민호는 내 남자친구다. 민호와 사귄 지는 251일이 되었다. 민호는 중학교 1학년 때 느린학습자 진단을 받았다. 민

호 아빠는 우리 학교 소문을 듣고 민호를 전학시키고, 귀
농까지 결심했다. 민호는 전문대학에 있는 드론과에 합격
했다. 민호의 꿈은 농부다. 요즘 농촌에서는 드론의 쓰임
새가 많아서 아빠가 드론을 배우라고 권했다고 한다.

내가 보기에 민호는 똑똑하다. 나는 아직도 물건을 사고
계산하는 게 어려워서 체크카드만 쓰는데 민호는 현금으
로 내고 정확히 거스름돈을 계산한다. 민호는 계획도 있다.
아빠의 다육식물 농장을 우리나라 최고로 만드는 것이다.
민호를 만나고 나서 나도 꿈이 생겼다. 민호랑 결혼해서 민
호는 농사를 짓고 나는 카페를 하는 거다. 나는 직원들을
모두 느린학습자로 채용하고, 느림보 카페 체인점도 10호
까지 낼 거다.

나는 지금이 행복하다. 내가 계속 도시에 있었다면 나는
이런 꿈을 갖지 못했을 거다. 도시 고등학교에서 만났던 느
린학습자 친구들이 생각난다. 그 친구들은 어쩌면 내가 그
랬던 것처럼 힘든 하루하루를 보낼 거다. 도시에 있는 학교
에서도 느린학습자들을 신경 쓰면 좋겠다. 우리도 할 수 있
는 일과 공부를 찾을 권리가 있다.

여기까지가 내 소개다. 내 인생 이야기가 나와 비슷한 느린학습자들에게 조금이라도 도움이 되면 좋겠다.

"아영아."

버스에서 내린 하율이가 나를 보고 달려왔다. 하율이는 벌써 파마를 하고 분홍색으로 염색도 했다.

"뭐야. 벌써 대학생 같아."

"오, 아영이, 너야말로 멋있어졌다."

"진짜?"

"응. 얼굴이 밝아졌어. 남친 생겼다더니 그래서 그런가?"

"응, 민호가 엄청 잘해 주거든."

"걔 이름이 민호구나. 부럽다. 여기도 참 좋다. 산도 있고, 바다도 있고, 들판도 있고."

"최하율, 근데 너 왜 왔어?"

하율이가 떨떠름한 표정으로 말했다.

"이제야 고아영답네. 너 보러 왔지. 보고 싶어서."

"나는 네 친구도 아닌데 왜 보고 싶어?"

"친구는 아니지만 넌 나의 시스터야."

"시스터가 자매란 뜻이지?"

"왜? 마음에 안 들어?"

"아니. 그런 건 아니야."

"오, 속마음을 숨기기도 하네?"

"놀리지 마."

"나는 너 놀리는 맛으로 살잖아. 너 자주 못 봐서 심심
해."

"너 고약해."

내 말에 하율이가 장난스럽게 어깨를 으쓱했다. 생각해
보면 나는 하율이의 그 표정을 좋아했다.

"프렌드보다 시스터가 더 좋은 것 같아. 시스터 할게. 그
래도 하나만 물어봐도 돼?"

"물론."

"왜 나는 프렌드는 안 돼?"

하율이가 눈을 끔벅이다가 말했다.

"너는 내 마음을 모르니까. 티키타카가 안 돼서 재미가
없어."

나는 정말 하율이 마음을 모른다. 내가 느린학습자라서

그런 걸까. 내가 좀 더 노력해서 생각이 깊어지면 그때는 하율이 마음을 알게 될지도 모른다. 그러면 시스터가 아니라 프렌드가 될지도 모르겠다.

"하율아, 내가 커피 내려 줄게. 너 대학 합격 축하 의미로."

"오케이."

"근데 너는 대학 가서 뭘 배워?"

"아직 잘 몰라. 무은재학부라는데, 내가 뭘 전공할지 다양하게 탐색하는 학과래. 경계를 허무는 학과라는 말에 끌렸어. 사실은 그냥 일단 집에서 먼 학교로 가고 싶었어."

그러면서 갑자기 나를 막아서더니 내 어깨를 잡고 말했다.

"아영아, 인간 평균 아이큐가 100이래. 그 평균 아이큐로 이만큼의 문명을 이룬 거지. 너랑 내 아이큐를 합쳐서 평균을 내면 110이야. 원래 세상은 이렇게 서로 다른 아이큐를 가진 사람들이 함께 만들고 그 안에서 살아가는 거야."

"뭐래?"

나는 하율이 팔을 뿌리쳤다.

"나는 고아영의 이런 점이 좋아. 어쨌든 우리는 프렌드든, 시스터든 그냥 같이 살아갈 거라고."

나는 여전히 하율이 말을 다 이해하지 못했다. 그렇지만 하율이 표정이나 말투에서 나에 대한 애정이 느껴졌다. 애정, 그 애정을 오해하지 않고 그대로 느낄 만큼 나도 자랐다. 나는 하율이의 팔짱을 끼며 말했다.

"빨리 가자. 춥다. 내가 커피에 크림을 눈처럼 쌓아 줄게."

아영이처럼 학교 공부를 따라가기 힘들어하고 눈치가 빠르지 않은 친구들이 있지요. 능력에 따른 경쟁이 우선인 학교에서는 그 친구들이 그저 무언가를 배우고 익히는 데 시간이 좀 더 필요할 뿐이라는 것을 외면해요. 그러면서 학교 부적응아나 학습 부진아라고 낙인을 찍어요. 몇 년 전 그 친구들에게 '느린학습자'라는 새로운 이름이 생겼어요. '느린학습자'라는 이름이 또 다른 편견과 차별이 되지 않게 함께 노력해야 해요.

아영이는 운이 좋은 편이에요. 프렌드보다 더 끈끈한 시스터가 되어 준 하율이가 있고, 아영이에게 우정과 헤어지는 슬픔을 알려 준 미소가 있었으니까요. 느린학습자와, 아니 서로 다른 속도를 가진 우리 모두가 각자의 속도를 존중하고 맞춰 주는 사이가 되면 좋겠어요.

김중미

헤어질 수

조규미

있는 사이

그날 SNS에는 슬픔이 강물처럼 흐르고 있었다. 사람들은 모두 다른 방식으로 자신의 마음을 표현했다. 아무 말없이 쓸쓸한 풍경 사진을 올린 이도 있었고 삶이 끝나기라도 한 것처럼 탄식으로 가득한 글을 쓴 이도 있었다. 어떤 사람은 결별한 애인에게 보내는 마지막 편지 같은 글을 올리기도 했다.

타임라인을 따라가다 보니 왠지 더 슬프고 쓸쓸한 느낌이 들었다. 그들의 마음이 하나씩 날아와 내 가슴속에 차곡차곡 쌓이는 것 같았다. 그러지 않아도 우울했는데 이런 것들을 보고 있으니 더 슬퍼졌다. 울고 싶지 않은데 자꾸 눈물이 났다.

'사실이 아니라고 말해 줘. 유언비어라고 정식으로 부인할 거지? 이런 오보 낸 언론들은 고소하자!'

말도 안 되는 소리라는 것을 알면서도 나는 간절하게 바랐다. 아까 학교에서 양지가 처음 소식을 전해 줬을 때는 분명히 헛소문일 거라고 생각했다. 양지는 가끔 내 속을 긁는 소리를 했기 때문에 이번에도 이상한 소리를 듣고 와서 귀찮게 구는 거라고 여겼다. 그런데 아니었다. 수업이 끝나고 핸드폰을 열었을 때 온갖 알림이 혜성의 열애 소식을 전했다. 사진 속 인물은 분명히 나의 최애, 혜성이었다. 어떤 여자와 다정하게 팔짱을 끼고 걸어가는 사람의 모습. 조금 흐릿했지만 내가 최애를 못 알아보는 일은 없다.

집에 오는 동안 정신이 멍했다. 늘 함께 하교하는 진하와 양지가 호기심에 찬 얼굴로 이것저것 캐물을 때도 버벅거리며 대답을 못 했다.

"예나야, 너는 눈치 못 챘어?"

양지가 눈을 똥그랗게 뜨고 물었다. 전혀 몰랐다. 정말로 뒤통수를 맞은 기분이었다. 하지만 몰랐다는 말이 안 나왔다. 진하가 내 눈치를 보며 말했다.

"모자랑 마스크를 쓴 데다가 흐릿하게 찍혀서 잘 안 보이던데? 아닐 수도 있어."

"이번엔 진짜야. 누가 봐도 혜성이야."

양지가 마치 스캔들을 기다리고 있었던 것처럼 말했다. 양지 말이 맞는다. 모자 밑의 깊은 눈, 지난주 라이브 방송할 때 입고 나왔던 회색 후드티, 들고 있는 핸드폰 케이스까지, 모든 것이 사진 속 인물이 혜성이라는 것을 증명했다. 나는 일부러 아무렇지도 않은 척했다.

"사생활에 신경 안 써. 덕질은 덕질답게 해야지."

진하가 고개를 끄덕이며 말했다.

"오! 예나, 쿨한데? 그런데 덕질답게 하는 게 어떤 거야?"

"최애의 사생활은 지켜 줘야지. 행복해지려고 덕질하는데 나도 행복하지 않고 최애도 지켜 주지 못하면 무슨 의미야?"

애들 앞에서 큰소리쳤지만 사실 나는 전혀 쿨하지 못한 상태였다. 집에 와서도 여전히 여러 감정 사이에서 서성이며 혼란스러웠다. 솔직히 말하면 배신당한 느낌이었다. 최애에 대해서 많은 것을, 아니 모든 것을 안다고 자부해 왔

는데, 아니었다. 이런 느낌을 어떻게 설명해야 할까? 낯선
감정이 가슴속에서 소용돌이쳤다.

그때 방문이 벌컥 열리며 불청객이 얼굴을 쑥 디밀었다.

"홍예나, 저녁 먹어."

나는 깜짝 놀라 눈물을 닦았다. 노크하라고 써서 방문
에 붙여 놨는데도 맨날 저 모양이다. 문 쪽을 쳐다보지 않
은 채 한껏 화난 목소리로 말했다.

"아, 정말 노크 좀 하라니까."

"미안. 맨날 잊어버리네. 노크할게."

윤미서는 얼렁뚱땅 미안하다고 하고는 주방으로 사라졌
다. 방문은 활짝 열어 놓은 채로. 빨리 와서 밥 먹으라는
뜻이다. 윤미서는 원래 깜빡 잊기도 잘하지만 내 말은 항상
건성으로 들었다. 지금은 저렇게 미안하다고 해도 내일이
면 또 방문을 벌컥 열 게 뻔하다.

나는 눈물 자국이 사라졌는지 확인하고 주방으로 갔다.
윤미서가 내 앞에 밥그릇을 놓으며 말했다.

"아빠 저녁 약속 있대. 우리끼리 먹자."

숟가락을 들던 윤미서가 내 눈언저리를 보면서 물었다.

"뭔 일 있어?"

나는 고개를 저었다. 최애의 연애 사건에 대해 시시콜콜 이야기할 기분이 아니었다.

"근데 왜 이렇게 기분이 안 좋아?"

"내가 뭘?"

아무렇지도 않은 척했지만 조금만 건드려도 눈물이 나올 것 같았다.

"혜성이 때문에 그래?"

이미 다 알고 있었다. 윤미서는 연예계 소식에 빠삭했다. 새로 데뷔하는 아이돌 그룹 소식이나 연예인 최신 가십 같은 것들을 제일 먼저 알았다. 그래서 좋을 때도 있지만 지금은 아니다. 윤미서가 덧붙였다.

"이해해 줘. 걔도 연애해야지. 아이돌이라고 연애도 맘껏 못 하고 정말 안됐어."

맞는 말이긴 하지만 최애는 안 된다. 다른 아이돌은 다 해도 나의 최애는 하면 안 된다. 내 속마음은 그랬다. 하지만 생각과는 다른 말이 입에서 나갔다.

"아니라니까! 괜히 넘겨짚고 그래."

더 있다가는 울음이 터질 것 같아서 밥을 먹는 둥 마는 둥 하고 자리에서 일어섰다. 윤미서가 등 뒤에서 중얼거리는 소리가 들렸다.

"아니, 입맛까지 떨어진 거야? 우리 예나 어떡하면 좋아?"

말로는 걱정하면서도 얼굴은 왠지 웃고 있을 것 같았다. 나는 방으로 돌아와 방문을 잠가 버렸다.

윤미서는 아빠의 부인, 즉 나의 새엄마이다. 내가 다섯 살 때 아빠는 직장 후배인 윤미서와 연애를 시작했고 그로부터 5년이 지나 둘은 결혼했다.

할머니 증언에 따르면 내가 윤미서를 처음 만나는 순간부터 "윤미서 언니, 윤미서 언니." 하면서 잘 따랐다고 한다. 가물가물해서 잘 생각은 안 나지만 윤미서가 엄마가 아니라 언니였을 때가 더 좋았던 것 같다. 그때 찍은 사진 속 나는 윤미서에게 껌딱지처럼 달라붙어 있다.

하지만 이제 나는 더 이상 귀엽고 사랑스러운 여자아이가 아니었고 윤미서도 꼬마들한테 인기 있는 젊은 언니가 아니었다. 사춘기 여학생과 중년의 문턱에 들어선 여성이

한집에서 데면데면 지내는 것이다. '엄마'라는 말도 영 어색했다.

그렇다고 우리 사이에 무슨 갈등이 있는 것은 아니다. 나는 친엄마 얼굴을 본 적이 없기 때문에 친엄마와 새엄마가 어떻게 다른지 비교할 수도 없다.

굳이 뭐라도 찾아보자면, 윤미서는 다른 엄마들처럼 딸에게 관심이 많은 것 같지는 않았다. 성적 가지고 잔소리도 안 했고 친구들 이름을 외워서 챙기지도 않았다. 그야말로 기본적인 것, 예를 들면 추운지, 더운지, 배고픈지, 배부른지 같은 아주 원초적인 것만 챙겼다. 진짜 엄마라면 나한테 훨씬 더 관심이 많았을까? 잘 모르겠다.

핸드폰을 열었다. 밥 먹는 사이 또 이런저런 이야기가 SNS에 올라왔다. 다양한 색깔의 슬픔이 그곳에 흐르고 있었다. 그걸 보며 슬픔에도 여러 빛깔이 있다는 생각이 들었다. 소용돌이치는 슬픔이 있는가 하면 천천히 흐르는 슬픔도 있고 죽은 듯 고요한 슬픔도 있구나. 내 슬픔은 지금 어디에 있을까?

"연애하다가 걸리는 건 배신이지."

양지가 아까부터 팬을 대하는 아이돌의 자세에 대해 설파하고 있었다. 아이돌이 연애하겠다는 것은 자신의 본분을 망각한 것이다, 백번 양보해 연애를 한다고 해도 절대 들켜서는 안 된다 등등.

"너는 덕질도 안 하면서 어떻게 다 알아?"

"호기심이 많으니까 저절로 알게 돼."

양지 말에 전적으로 동의하는 것은 아니지만 공감되는 부분도 있었다. 혜성의 열애설이 터진 이후로 내 마음은 바람 빠진 풍선같이 후줄근했고 소중한 것을 도둑맞은 것처럼 허전했다. 나만 그런 게 아니었다. 꽤 많은 팬들이 나랑 비슷했다.

우리는 지금 진하의 최애인 세리친의 장례식을 치르기 위해 학교 근처 공원에 가는 중이다. 죽은 날은 목요일이었지만 여유롭게 식을 치르기 위해 토요일에 만났다. 진하의 슬픔을 위로하기에 방과 후 시간은 너무 짧으니까.

진하는 초등학교 6학년 때부터 아는 사이다. 올해 다시 같은 반이 되면서 학기 초부터 붙어 다녔다. 우리는 둘 다

열렬히 덕질 중이라는 공통점이 있어서 쉽게 친해졌다. 처음에 진하가 세리친의 팬이라고 했을 때는 바로 공감이 되지 않았다. 하지만 거꾸로 생각해 봤다. 남들에게는 하찮아 보이는 덕질이 당사자한테는 얼마나 의미 있고 진지한 일인지. 진하에게 세리친은 둘도 없이 소중한 존재인 것이다. 비록 죽었다 해도 그 진심이 변하는 것은 아니다.

우리는 공원 중앙에 있는 조각 정원에 이르렀다. 그곳에 '기도'라는 제목의 조각이 있는데 양지가 그 앞에서 장례식을 치르자고 했다. 그러더니 추도사까지 준비해 왔다. '상주'는 경황이 없어서 그런 것을 준비할 수 없을 테니 본인이 다 준비하겠다며 나섰다. 양지가 말하는 상주는 진하였다. 장례식을 치르자는 제안도 양지가 먼저 했다. 내가 보기에 진하를 위로하자는 취지도 있지만 그보다는 양지가 하고 싶어서 하는 것 같았다.

"근데 우리가 지금 하는 게 장례식 맞아? 추도식? 추모식? 그런 거 아니야?"

내 말에 양지가 고개를 갸웃거리다가 자기가 들고 있는 '추도사'라고 적힌 종이를 보더니 대답했다.

"그런가? 그럼 추도식으로 바꾸자."

양지의 한마디에 장례식이 추도식으로 바뀌었다. 우리는 기도 조각상 앞에 손을 모으고 나란히 섰다. 양지가 추도 사를 읽기 시작했다. 나는 잡생각을 쫓으며 세리친을 떠올리려고 애썼다. 진하가 링크를 보내 줘서 몇 번 보기는 했는데 건성으로 봐서 얼굴도 잘 떠오르지 않았다.

"세리친은 용기와 지혜를 갖춘 여성이었습니다. 그녀는 장미의 기사가 되어 사람들을 구했고 영웅이 되었습니다. 그뿐이 아닙니다. 재미있고 박진감 넘치는 스토리로 많은 독자에게 기쁨을 주었습니다. 슬프게도 그녀는 소중한 것들을 지키기 위해 자신의 목숨을……."

나는 곁눈으로 두 아이를 살폈다. 진하는 고개를 살짝 숙인 채 두 눈을 꼭 감고 서 있었고 양지는 미간에 힘을 준채 감정을 불어넣어 추도사를 읽고 있었다. 추도사를 들으니 그 웹툰을 보지 않았는데도 어떤 이야기인지 세리친이 어떤 인물인지 알 수 있었다. 갑자기 양지가 천재가 아닐까 하는 생각이 들었다.

양지는 정말 모르는 게 없었다. 세리친이 주인공이었던

웹툰 〈장미의 기사여 내게 오라〉 줄거리도 완벽하게 꿰고 있었고 아이돌에 관한 정보며 각종 영화나 드라마에 대한 지식까지 빠삭했다. 세리친이 장렬한 죽음을 맞았던 마지막 회가 올라온 후에는 진하와 한참 동안 이야기를 나누었다. 물론 세리친을 떠나보낸 진하를 위로하는 것도 잊지 않았다.

"이제 우리는 세리친의 죽음을 추도하며 그 이름을 영원히 기억하고자 합니다."

양지가 추도사를 마쳤다. 내내 숨을 참고 있었는지 진하가 깊게 숨을 내쉬었다. 양지를 따라 진하와 나는 고개를 깊이 숙여 인사했다.

"이걸 여기서 태우자."

양지가 추도사를 흔들며 말했다.

"뭐?"

진하가 놀라서 물었다.

"응. 이런 건 태우는 거야."

"태우는 건 제사 지낼 때 하는 거 아니야? 우린 추도식이잖아."

내가 물었지만 양지는 대답을 생략하고 주머니에서 라이터를 꺼냈다.

"그게 그거지 뭐. 엄마 몰래 가져왔어."

조금 전까지도 엄숙했던 양지 얼굴에 금세 장난기가 퍼졌다. 하지만 양지는 라이터를 켜지 못했다. 손놀림이 영 어설펐다. 틱, 틱, 소리만 내고 불을 붙이지 못했다. 양지는 손힘이 약한 모양이었다.

"내가 켤게. 네가 갖다 대."

내가 라이터를 건네받자 진하가 걱정스러운 얼굴로 우리 둘을 쳐다봤다.

"불나지 않게 잘해."

팟! 라이터에 불이 켜졌고 양지는 잔뜩 긴장한 얼굴로 종이에 불을 붙였다. 불은 순식간에 타올랐다.

"어? 어? 으악!"

우리는 모두 비명을 질렀고 양지가 종이를 바닥으로 떨어뜨렸다. 추도사는 불이 붙은 채 길바닥에 떨어져서 타들어 갔다. 다행히 아스팔트 바닥이라 불은 금방 꺼졌다. 우리는 나란히 서서 종이가 까만 재로 변하는 것을 보았다.

재를 발로 차서 흐트러뜨리고 조각 정원을 빠져나왔다.

아이들과 떡볶이를 먹으며 한참을 노닥거리다가 집에 왔
다. 그런데 집 분위기가 심상치 않았다.

"점심은?"

윤미서가 얼굴이 잔뜩 굳은 채로 물었다.

"친구들이랑 먹었어."

분명히 아빠가 집에 있는데 방에서 꼼짝을 안 했다. 식탁
위에 반찬이 그대로 놓여 있는 것을 보니 차려만 놓고 아
직 먹지 않은 것 같았다.

'내 알 바 아니지.'

방에 들어와 옷을 갈아입는데 현관문을 열고 나가는 소
리가 들렸다. 아빠가? 아무래도 둘이 싸운 것 같다.

요즘 들어 둘이 부쩍 싸운다. 5년 전에 우리가 함께 살기
시작했을 때는 아빠와 윤미서 사이가 정말 좋았다. 밤늦게
까지 영화 보면서 맥주 마시는 일도 많았고 주말이면 야외
로 나들이도 자주 갔다. 대화도 많이 했다. 그런데 언젠가
부터 두 사람 사이에 웃음이 사라졌다. 무엇 때문에 그러

는지 잘 모르겠다. 둘이 심각한 얼굴로 이야기를 하다가 나를 보면 입을 꾹 다물었다. 아빠는 저녁 약속이 있다며 술 마시고 들어오는 날이 많아졌고 윤미서는 주말에도 작업실에서 지낼 때가 많았다. 이게 바로 사람들이 말하는 권태기인가? 역시 내 알 바 아니지만 집안 분위기가 싸늘하니 신경이 쓰였다.

나는 침대에 누워 핸드폰을 열었다. 메시지가 여러 개 와 있었다.

진하: 고마워. 너희는 찐, 찐, 찐 우정이야.
양지: 그 정도쯤이야.
이제 세리친 복습하지 말고 다른 작품 봐.
우선 〈내 남친은 데뷔 조〉 추천. 앞부분 봤는데 괜찮았어.
아! 네 취향엔 이쪽이 더 맞겠다. 〈공작의 환생은 무죄〉.
작화가 장미 기사랑 비슷해서 취향 맞을 거야.
진하: 그래. 꼭 볼게.

진하가 눈물방울이 흩날리는 이모티콘을 보냈다. 감격했

다는 것일까? 여전히 슬프다는 뜻일까? 진하의 프로필 상태 메시지가 바뀌었다.

너는 내 마음속에서 영원히 살고 있어.

벌써 슬픔을 이겨 낸 것처럼 보였다. 양지의 오지랖은 끝나지 않았다.

예나야, 너도 추천해 줄게.
너, 다른 그룹은 하나도 모르지?
3년 동안 팠는데 배신을 하다니……
그런 꼴은 못 봐. 기다려 봐. 내가 찾아 줄 테니까.

상관없다는 내 말에 양지는 이렇게 답했다.

덕질이 행복하지 않으면 무슨 의미냐면서?

틀린 말이 아니었다. 지금의 나는 예전처럼 행복하지 않

왔다. 애들 앞에서는 아닌 척했지만 여전히 내 마음은 서걱
거렸다. 만약에 유언비어였다면 벌써 열애를 부인하는 기
사나 해명 글로 인터넷 게시판이 도배가 됐을 것이다. 하지
만 잠잠했다. 이건 인정한다는 의미였다. 그런데도 미련을
못 버린 팬들은 자꾸 엉뚱하게 해석했다.

"대응할 가치가 없어서 대응하지 않는 걸 거야."

그들의 말이 사실이었으면 좋겠다. 그때 방문 밖에서 윤
미서 목소리가 들렸다.

"예나야, 국 끓여 놨으니까 반찬 꺼내서 저녁 먹어."

윤미서도 나가는 모양이었다. 주말인데도 작업실에 가는
것 같았다. 윤미서는 몇 년 전 디자이너로 일하던 회사를
그만두고 일러스트 작업에 열중했다. 슬슬 일이 들어온다
고 자랑하더니 얼마 전에는 작업실까지 마련했다.

띠링. 알람이 울렸다.

오늘 올라온 거 봤어? 목격담 나왔어.

양지가 링크를 보냈다. 게시물에는 고급스러운 식당 내

부 사진 아래로 이런 글이 적혀 있었다.

오늘 식당에서 혜성처럼 보이는 사람 발견. 일행이 있었는데 열애설 난 그분 맞는 듯. 둘이 쏜살같이 안쪽 룸으로 들어가서 더 이상 보지 못함. 열애설 부인 안 하고 보란 듯이 다니는 것을 보니 곧 공개 연애로 전환할 듯. 아, 오늘 정말 현타 왔다. 정이 뚝 떨어져서 자연스레 탈덕 예정.

두 사람의 뒷모습이 찍힌 사진도 있었다. 뒷모습은 영락없이 혜성이었다. 마음에 커다란 돌덩이가 '쿵' 하고 떨어졌다.

"다 거짓말이야."

나는 조그맣게 중얼거렸다. 여러분을 사랑한다는 말, 여러분만 보고 간다는 말, 죽을 때까지 함께하자는 말, 모두 거짓말이었다. 진짜로 사랑하는 사람은 따로 있잖아. 진짜로 죽을 때까지 함께하고 싶은 사람은 따로 있는 거잖아. 마음속에서 갑자기 화가 솟구쳤다. 나도 왜 그런지 모르겠다. 꾹꾹 누르고 있던 마음이 폭발한 걸까.

책장 옆에 붙어 있는 포스터 속 혜성의 얼굴을 바라보았다. 열애 소식이 터진 날부터 저 얼굴을 보는 것이 편하지 않았다. 나는 벌떡 일어나서 포스터를 뜯었다. 힘 조절을 잘못했는지 한번에 떨어지지 않고 중간에서 찢어지고 말았다. 혜성의 얼굴이 코 아래쪽만 남은 채 벽에 붙어 있었다. 그 순간 가슴이 무언가에 찔린 것처럼 아파서 멈칫했다. 하지만 그만두지 않았다. 이내 나머지를 뜯어 버리고 옆에 붙어 있던 그룹 사진까지 떼어 버렸다.

책장 한 칸을 가득 채우고 있던 상자들을 방바닥에 내려놓았다. 그동안 모았던 굿즈가 담겨 있는 상자였다. 거기서 혜성에 관한 것들은 모두 골랐다. 포토 카드, 사인북, 스티커, 열쇠고리 등등. 가끔씩 꺼내서 만지작거리는 것만으로도 행복했는데, 이제는 필요 없다. 방 안을 둘러보며 중얼거렸다.

"모두 버릴 거야. 모두……."

주말 내내 집안 분위기가 냉랭하더니 급기야 밤에 아빠와 윤미서가 다투는 소리가 들렸다. 예전에도 싸운 적은 종종 있었지만 그때는 불안한 마음까지는 안 들었다. 그저 시끄럽다고만 생각했을 뿐. 이번에는 달랐다. 나는 방문에다 귀를 대고 밖에서 나는 소리를 들었다. 아빠가 화가 나서 소리쳤다.

"지금 그게 말이 돼?"

윤미서가 뭐라고 이야기하는데, 말소리가 작아서 들리지 않았다.

"난 반대야. 절대 안 돼."

도대체 뭐가 말이 안 되고 뭘 반대한다는 것일까? 궁금했지만 저런 분위기에 끼어들어 물어보기도 난감했다.

'아니 둘이 죽고 못 살아 결혼할 때는 언제고. 싸우고들 난리야.'

나는 속으로 구시렁대며 애써 별일 아닐 거라고 생각했다. '둘이 죽고 못 살아'는 할머니 말을 따라 한 것이다. 아빠와 윤미서가 결혼할 때 할머니는 이 말을 여러 번 했다. 그러고 보면 사랑의 유통 기한이 너무 짧은 거 아닌가 싶다. 결혼 전 사귄 시간까지 합쳐도 고작 10년이다.

현관문을 열고 나가는 소리가 들렸다. 발걸음 소리가 작은 것을 보니 윤미서다. 밤 열 시에 나가다니……. 나는 슬쩍 거실 분위기를 살폈다. 소파에 앉아서 인상을 잔뜩 쓴 채 텔레비전을 보고 있는 아빠와 눈이 마주쳤다. 아빠가 애써 아무렇지도 않은 척 말했다.

"엄마, 일하러 갔어."

아빠는 어떤 일이 있을 때 설렁설렁 넘어가려고 하는 것이 문제다. 그럴 때에는 콕 집어서 물어봐야 한다.

"왜 싸웠는데?"

"별거 아니야."

"요즘 계속 분위기 이상하잖아. 둘이 왜 그러는지 나도 알 권리가 있어."

아빠는 아무 말도 하지 않고 가만히 있더니 겨우 입을 뗐다.

"공부를 더 하고 싶대."

"공부?"

윤미서와 공부라니, 연결이 잘 되지 않았다. 아빠가 소파에서 몸을 살짝 일으키며 말했다.

"일러스트 더 배우고 싶다고."

아, 무슨 말인지 이해가 되었다. 윤미서는 입버릇처럼 그림 실력이 부족해서 더 배우고 싶다는 이야기를 하곤 했다. 그런데 그게 싸울 일일까?

"하면 되잖아."

뭐가 문제냐는 듯이 말하자 아빠가 가늘게 한숨을 쉬며 말했다.

"유학 가고 싶대. 영국으로."

나는 할 말을 잃고 가만히 서 있었다. 한번도 생각해 본 적 없는 상황이었다. 유학을 가고 싶다고? 그 나이에? 나와 아빠를 두고? 어떻게 받아들여야 할지 혼란스러웠다. 내 입에서는 아무 말이나 나왔다.

"그럼 가라 그래. 가면 되지."

유학이라니. 아빠와 나, 윤미서의 삶에 유학이라는 변수가 등장할 줄은 몰랐다. 그 말을 듣는 순간 한기가 느껴졌다. 몸이 아니라 마음이 느끼는 한기. 방에 돌아와 멍하니 앉아 있는데 메시지가 왔다.

**예나야. 내일 마감인 일이 있어서 오늘 작업실에서 일하고
새벽에나 들어갈 것 같아. 걱정하지 말고 자.**

헤어질 수 있는 사이

윤미서였다. 나는 아무 대답도 하지 못했다.

다음 날 집에 가는 길에 양지가 물었다.

"내가 어제 보낸 거 봤어?"

어젯밤 양지가 입덕 후보 목록을 보냈지만 그런 것을 볼 기분이 아니었다. 그리고 친구가 골라 주는 것이 맞나? 덕질의 대상은 당사자도 정할 수 없는 것이 아닌가. 다들 그건 신만이 정할 수 있는 것이라고 하는데…….

"보긴 봤는데 아무 감흥이 없어."

"자꾸 봐야지. 자세히 보아야 예쁘다. 몰라?"

양지 말에 나도 모르게 헛웃음이 나왔다. 참나, 양지야. 넌 아직 모르는구나. 누군가를 덕질하는 것은 운명의 상대를 만나는 것이나 다름없다고. 그런데 자꾸 보면 좋아진다니? 그럼 내가 태어나서 제일 많이 본 사람은 아빤데, 아빠를 덕질하겠네?

양지 등쌀에 어쩔 수 없이 핸드폰을 열었다. 곁눈질을 하며 내 반응을 살피던 양지가 말했다.

"내가 주말 내내 찾아본 거야. 너 보라고."

그 정도로 정성을 쏟았는지는 몰랐다. 그동안 관심 없다고만 이야기한 게 미안해졌다. 양지의 정성을 생각해서 유심히 보는 척했다.

"근데 너는 왜 덕질 안 해?"

"나는 하나에 딱 꽂히는 것보다 여기저기 돌아다니는 게 더 좋아."

"자유로운 영혼이야?"

내가 묻자 양지가 빙그레 웃으며 대답했다.

"맞아. 그리고 너희의 구원자."

진하가 그 말에 킥킥거리며 웃었다. 진하는 양지가 추천한 웹툰을 보는 중이라고 했다. 물론 그 애의 프로필 사진과 메시지 속에서 세리친은 여전히 건재했다.

나는 머릿속이 복잡했다. 그러지 않아도 혜성이 때문에 마음속이 썰렁한데 윤미서까지 이상한 소리를 했다. 처음에는 전혀 상상하지 못했던 상황이라 놀랍기만 했는데 시간이 지나면서 조금씩 윤미서한테 화가 났다. 이제 아빠에 대한 사랑이 식은 걸까? 그래도 10년을 사랑하고 5년을 함께 살았는데 이렇게 떠나도 되는 걸까? 그리고 마음 밑바닥에서 고개를 쳐든 생각. 내가 친딸이라도 유학 갈 생각을 했을까?

새벽까지 작업하고 들어온 윤미서는 아침에 내가 학교에 가려고 준비하는 소리도 못 듣고 잠들어 있었다. 학교에 갔다 오니 또 외출하고 없었다.

출출해서 뭐 먹을 거 없나 둘러보는데 식탁 한쪽에 놓인 스케치 노트가 눈에 들어왔다. 거기에 뭐가 있는지 갑자기 궁금해졌다. 노트에는 다양한 스케치가 있었다. 사람, 꽃, 동물 등. 어렸을 때는 윤미서가 내 얼굴도 종종 그렸던 것이 떠올랐다. 페이지를 넘기다가 한군데서 멈췄다. 거기에는 영어로 된 학교 이름이 있었다. 그리고 숫자로 빼곡한 페이지들이 이어졌다. 아무래도 돈 계산을 한 것 같았다. 유학에 들어가는 돈이겠지.

'진짜로 떠나는 건가?'

방에 들어와 교복도 벗지 않고 침대에 벌러덩 누웠다. 처음에는 누군가 떠나도 아무렇지 않다고 생각했는데 그렇지 않은 모양이었다. 눈물이 차올랐다. 손등으로 눈물을 꾹꾹 눌러 닦았다. 정체불명의 감정이 온몸을 휘감았다. 처음 만나는 낯선 감정이었다. 나는 몇 번 더 손등으로 눈을 꾹꾹 누르면서 생각했다. 이 감정의 정체는 뭘까?

"너희는 사랑이랑 유학 중에서 뭘 선택할 거야?"

내 질문에 양지와 진하가 둘 다 고개를 갸우뚱했다.

"하, 어렵다. 사랑이냐 유학이냐."

양지가 대답했다. 진하는 무 자르듯이 딱 잘라 말했다.

"당연히 유학이지. 유학 가서 새로운 사랑 찾는 거에 한 표!"

양지는 고개를 살랑살랑 흔들었다.

"난 사랑이야. 사랑에 목숨 걸 거야."

"그런데 그 사랑이 점점 식고 있어. 그러면 어떻게 해?"

내가 다시 묻자 양지가 대뜸 소리를 질렀다.

"그러면 유학이지. 사랑은 한번 식어 버리면 그걸로 끝이잖아."

나는 천천히 고개를 끄덕이며 물었다.

"그렇지? 깔끔히 버려야겠지?"

"왜? 뭔데? 웹툰이야? 영화야?"

"아니야. 그런 거 있어."

아이들이 무슨 이야기냐고 물고 늘어졌지만 대충 얼버무렸다. 나는 윤미서를 이해하려고 애썼다. 솔직히 나라도 같은 상황이라면 유학을 선택할 것 같았다. 나이를 생각하면 한 살이라도 젊을 때 하는 게 나을 것 같긴 했다. 한편으로 이런 생각도 들었다. 그래, 우리는 원래부터 이렇게 헤어질 수 있는 사이야. 친엄마가 아니고 친딸이 아니니까. 아빠가 빠지면 우리는 아무 사이도 아니라고.

양지가 지치지도 않고 또 물었다.

"내가 보낸 목록 봤어?"

"응."

"누가 제일 끌렸어?"

끌린 사람은 없었다. 하지만 누구라도 이야기해야 양지가 그만둘 것 같았다.

"리, 후?"

나는 리스트에서 마지막으로 본 사람의 이름을 말했다. 그게 마지막이라 그 이름만 기억이 났기 때문이다.

"리후! 백투원의 막내, 리후! 정말 귀엽지?"

나는 마지못해 고개를 끄덕였다.

"근데 좋으면 네가 덕질하지, 왜 나보고 하라는 거야?"

양지가 씨익 웃으며 말했다.

"나는 한 사람에게 빠지는 일이 안 돼. 좋아하려고 노력해 봤는데 안 되더라고."

나는 그 말에 동의할 수 없었다.

"그냥 덕통사고를 아직 안 당한 거 아냐?"

"글쎄 그럴지도 모르지. 기다리는 재미도 있어. 언젠가 그런 일이 생길 수도 있으니까."

언제일지 모르지만 양지가 덕통사고를 당할 때 내가 꼭 그 장면을 옆에서 지켜봤으면 좋겠다.

그날 저녁 윤미서랑 식탁에 마주 앉았다. 윤미서가 잔뜩 긴장한 표정으로 나를 바라봤다. 윤미서가 마음이 불편할 때 짓는 표정이었다. 나는 그 표정이 싫었다.

"예나야, 네가 이해해 줬으면 좋겠어."

말이 떨어지기 무섭게 대답했다.

"나는 유학 가는 거 찬성이야. 그러니까 뭐 따로 이야기할 것도 없어."

윤미서 얼굴이 천천히 일그러졌다. 나는 누가 따라오기라도 하는 듯 재빨리 덧붙였다.

"진심이야. 나라도 그렇게 할 거야."

윤미서는 아무 말도 안 하고 내 얼굴을 가만히 봤다. 나는 그 시간이 거북했다. 최대한 빨리 이야기를 끝내고 싶었다. 내 얼굴에서 마음을 읽었을까. 윤미서가 눈길을 돌리며 말했다.

"고마워. 이해해 줘서."

하지만 아빠는 끝끝내 반대했다. 결국 둘은 또 대판 싸우고 말았다. 아빠가 고래고래 소리를 질렀다.

"그렇게 가고 싶으면 지금 당장 나가. 당장 가 버리라고."

다음 날 윤미서는 짐을 싸서 작업실로 가 버렸다. 나는 횡한 자리를 보며 속으로 외쳤다.

'그래, 가 버려! 그렇게 떠나고 싶으면 가 버리라고. 다신 보고 싶지 않아.'

진짜로 안 보고 살 수 있을 것 같았다.

나는 양지가 부지런히 보내 주는 리후의 영상을 보기 시작했다. 리후는 혜성보다 다섯 살이나 어려서인지 어린 티가 팍팍 났다. 혜성이 오빠처럼 여겨졌다면 나랑 나이 차도 별로 안 나는 리후는 친구처럼 느껴졌다.

"백투원의 막내, 리후입니다. 예쁘게 봐주세요."

리후는 막내답게 애교가 많았다. 나는 백투원의 노래를 플레이리스트에 담아 들었고 라이브 방송도 기다렸다가 보기 시작했다. 양지 말이 맞는 것 같았다. 자세히 보아야 예쁘다더니 자꾸 보니까 리후가 친근하게 느껴졌다.

오늘 저녁에는 리후가 라이브를 예고해서 그 시간을 기다렸다. 라이브 방송에서 리후는 채팅 창에 올라온 팬들의 질문에 답해 주고 이런저런 근황을 이야기했다.

"오늘은 특별히 초대 손님이 있습니다."

불쑥 이렇게 말하며 카메라가 있는 쪽을 향해 손짓을 했다. 누군가가 리후 옆에 가서 앉았다. 나는 그 사람을 보고 깜짝 놀랐다. 아주 익숙한 얼굴, 혜성이었다.

"혜성이 형이 저희 작업실에 오셨어요. 그래서 함께 라이브를 진행하면 좋을 것 같아서요. 어서 오세요, 혜성이 형!"

혜성이 꾸벅 인사를 했다.

"안녕하세요. 혜성입니다! 오늘 백투원 작업실에 왔다가 리후가 라이브를 한다고 해서 잠깐 인사드리려고 왔습니다."

기분이 이상했다. 혜성을 보지 않으려고 피해 다녔는데 마치 혜성이 나를 찾아낸 것만 같았다. 가만히 리후와 혜성이 하는 이야기를 들었다. 리후는 주로 아이돌 선배에게 궁금한 것들을 물어봤고 혜성은 성심껏 대답해 주었다. 나는 자연스럽게 이런 생각을 했다.

'역시 우리 혜성이. 차분하게 말도 잘하고 후배들 배려도 잘하고. 팬도 잘 챙기고……'

혜성이 변했다고 생각했는데 사실은 하나도 변한 게 없었다. 혜성은 내가 알고 있는 그대로였다. 오랜만에 친근한 목소리를 듣고 있으려니 기분이 편안해졌다. 그것은 익숙하면서도 아주 새로운 경험이었다. 뭐랄까. 제멋대로 뛰던 심장이 차분히 제 속도를 찾아가고, 길을 잃고 헤매다가 마침내 집으로 가는 길을 발견한 느낌. 딱 그런 느낌이었다.

그 순간 깨달았다. 나의 최애에게 특별한 힘이 있다는 것을. 내 자리로 돌아가게 하는 힘. 나만의 보폭으로 걷게 하는 힘. 갑자기 당장 보고 싶은 사람이 떠올랐다. 나는 벌떡 일어나 윤미서에게 메시지를 보냈다.

나 거기로 갈게.

답이 없었다. 더 이상 미룰 수 없다는 생각이 들었다. 옷을 챙겨 입고 작업실로 향했다.

영우 빌리지 102호. 버스를 타고 집에서 15분 거리인 작업실에 와 본 적이 있다. 나는 초인종을 눌렀다. 그러나 아무 소리도 들리지 않았다.

'혹시 벌써 영국으로 떠난 건가?'

나는 윤미서가 영국으로 떠나는 날짜를 몰랐다. 짐을 싸서 나간 지 일주일. 어쩌면 그사이에 벌써 영국으로 떠났을지도 모른다. 작별 인사도 못 하고 보낸 걸까.

'제발, 제발!'

나는 윤미서가 아직 떠나지 않았기를 간절히 바라며 초인종을 다시 눌렀다. 하지만 몇 번을 눌러도 반응이 없었다. 어쩔 수 없이 출입문을 두드렸다. 아무 반응이 없었다. 아, 떠난 건가? 이제 만날 수 없는 건가? 인사도 제대로 못 했는데……. 그런 생각이 들자 더 초조해졌다. 제발 대답해 줘! 제발! 나는 더 세게 문을 두드리며 불렀다.

"윤미서! 윤미서!"

문 안쪽에서는 아무 반응이 없었다. 다시 불렀다. 목소리가 자꾸만 커졌다.

"윤미서! 나 왔어."

그때였다. 뒤쪽에서 문이 철커덕하고 열리는 소리가 들렸다. 내가 너무 시끄러웠나? 한껏 어깨를 움츠리는데 익숙한 목소리가 들렸다.

"거기서 뭐 해?"

깜짝 놀라 뒤를 돌아봤다. 윤미서였다. 어? 왜 저기서 나오지?

"왜 남의 집에 가서 그래? 여기로 와."

윤미서가 손짓했다. 나는 그제야 상황이 파악되었다. 작업실은 102호가 아니라 103호였다.

"저녁 먹었어? 뭐 좀 먹을래?"

윤미서가 말했다. 나는 가만히 있었다. 말이 안 나왔다.

"아빠가 밥은 제대로 챙겨 주니?"

그렇게 묻는 윤미서 목소리가 흔들렸다. 내가 아무 말도 못 하고 있으니 윤미서가 내게 다가와 어깨를 감싸며 안았다. 울지 않으려고 했는데 눈물이 났다.

"예나, 너 때문에 내가 정말……."

윤미서는 더 이상 말을 잇지 않았다. 나는 잠시만 이렇게 있어야겠다고 생각했다. 사진 속에 있는 다섯 살의 나처럼 윤미서한테 딱 붙어서.

작업실 분위기가 지난번에 왔을 때와는 아주 달랐다. 그때는 썰렁했는데 지금은 물건들이 자리를 잡아서인지 아늑한 느낌이 들었다. 한쪽에 있는 커다란 여행 가방이 눈에 띄었다. 짐 쌀 준비를 하는 모양이었다.

윤미서가 뜨거운 코코아가 가득 담긴 컵을 내밀었다. 나는 입으로 후후 불면서 물었다.

"언제 올 건데?"

"짧으면 1년 반, 길면 2년. 그 이상은 있으래도 못 있어."

2년. 그리 길지 않은 시간 같은데, 계절이 여덟 번은 바뀌어야 한다고 생각하니 아득하게 느껴졌다. 그때 내 입에서 생각지도 않은 말이 튀어나왔다.

"그 일이……, 그렇게 좋아?"

무언가 생각하는 듯 윤미서가 창밖을 바라보았다. 밖이 어두워서 창문에는 우리 두 사람의 모습이 비쳤다. 둘의 실루엣은 누가 어른이고 누가 아이인지 구분하기 어려웠다. 윤미서가 작아졌구나. 아니 내가 큰 건가.

"이게 내 일이라고 생각하니까. 평생 할 일……."

'평생'이라는 말이 꼭 '영원'이라는 말처럼 다가왔다. 그래서 윤미서는 평생 할 일을 찾아 운명을 받아들이듯이 떠나는 것일까.

누구든 자기가 정한 길을 갈 수밖에 없는 건지도 모른다. 그걸 내 마음에 들지 않는다고 바꾸라고 할 자격이나 권리는 없다. 누구를 사랑하든 누구와 살아가든.

그날 밤. SNS 프로필 사진을 다시 혜성으로 바꿨다. 다음 날 아침, 현관을 나서는데 핸드폰이 울렸다. 양지가 벌써 본 모양이다.

양지: 홍예나, 다시 돌아갔어?
진하: 무슨 말이야?
양지: 프로필 사진 혜성이로 바꿨더라.
진하: 진짜 혜성이로 바꿨네. 리후는 어쩌고.
양지: 어휴, 배신한 놈은 버리라니까!

아이들의 잔소리가 시작되었다. 버스에 몸을 실은 채 씩씩거리며 핸드폰을 두드려 댈 양지가 떠올라 웃음이 났다. 나는 친구들의 잔소리를 읽으며 걷기 시작했다. 걸음걸이가 오랜만에 가벼웠다.

....

"아무 사이도 아니다."라는 말은 부정적인 뜻으로만 쓰입니다. 즉 서술어 자리에 '아니다'라는 말이 꼭 나와야 하는 거죠. 이 말의 뜻을 생각해 보다가 "우리는 아무 사이다."라는 말도 있었으면 좋겠다 싶었습니다.

"그래, 우리 아무 사이야."

"우리가 무슨 사이냐고? 아무 사이라니까!"

무슨 말인지 모르겠다고요? 하지만 이런 걸 표현하고 싶을 때가 있잖아요. 친구도, 부모도, 연인도, 썸도 아닌, 한마디로 정의하기 어려운 사이 말입니다. 이렇게 설명하기 애매한 관계를 표현할 때 "우리는 아무 사이야."라고 말하면 어떨까요? 하하, 말도 안 된다고요? 역시 인간관계란 풀기도 어렵지만 설명하기도 어렵네요.

「헤어질 수 있는 사이」는 한마디로 설명할 수 없는 관계에 대한 이야기입니다. '아무 사이도 아닌 것은 분명히 아닌 사이'라고도 할 수 있겠습니다. 다른 이들은 이해하지 못한다 해도 내게는 소중한 관계 속에서 반짝이는 순간을 만나면 좋겠습니다.

조규미

하면 좀

허진희

어
떤
사
이

"저기, 오미가 또 너 쳐다본다."

은아가 내 팔꿈치를 툭 치며 턱끝으로 저편 운동장 구석을 가리켰다. 은아의 시선을 따라 고개를 돌리자 4월의 햇빛이 하얗게 내려앉은 벚나무 아래 홀로 서 있는 오오미가 눈에 들어왔다.

"뭘. 딴 데 보고 있는데."

"아니야. 조금 전까지도 너 보고 있었어. 리아 네가 고개 돌리니까 바로 딴 데 보는 척하는 거야."

은아가 입을 비죽 내밀며 말했다. 내가 자기 말을 귀담아 듣지 않아서 심술이 난 듯했다. 하지만 내가 이러는 데에도 이유가 있다. 은아는 오오미에 관한 일이라면 뭐든지 색안

경을 끼고 보는 경향이 있기 때문이다.

"그러든지 말든지, 신경 안 써."

"와, 주리아 넌 진짜 어떻게 그러냐. 완전 대인배."

은아가 엄지손가락을 추켜세우고는 말을 이었다.

"근데 암만 봐도 오오미 쟤가 너 의식하는 거 맞아."

정말 그럴까? 오오미가 나를 쳐다보는 눈빛이 이상하다
는 건 느끼고 있었지만 그렇다고 은아 말에 옳다구나 하고
맞장구치고 싶지는 않았다. 은아 역시 심증만 있을 뿐 확
증이 있는 건 아니었다. 은아는 자기 말이 더 먹히지 않을
거라 여겼는지 슬쩍 다른 화제로 넘어갔다.

"아니, 근데 요즘 왜 이러냐. 인기가 많아져서 그런가. 그
계정도 있잖아. 요즘 네 SNS 똑같이 따라 하는 계정. 왠지
좀 소름 끼치더라. 네가 사진 올리고 나면 얼마 안 있어 거
의 비슷하게 찍어 올리잖아."

"소름 끼칠 거까지야……."

말은 그렇게 했지만 사실 기분이 꽤 좋지 않았다. 어딘가
에 내 방과 꼭 닮은 방이 하나 더 존재한다고 생각하면 영
께름칙하고 불쾌했으니까. SNS를 괜히 시작했나 하는 생각

도 들었다. 난 그냥 내가 좋아하는 내 방, 하나하나 정성 들여 고르고 골라 꾸민 내 방을 자랑하고 싶었을 뿐인데, 이렇게 따라 하는 계정까지 생길 줄은 정말 꿈에도 몰랐다. 도대체 왜 자기 스타일대로 꾸밀 생각을 하지 않고 남의 스타일을 고대로 따라 하는 걸까. 보람도 없을뿐더러, 오히려 더 수고로울 거 같은데. 게다가 스터디 플래너에 쓴 오늘의 다짐이나 그날그날 공부한 과목들까지 베껴 올리는 건 너무하지 않은가.

"그게 제일 웃기던데. 항상 네가 공부한 시간보다 10분씩 더해 올리는 거."

나도 마침 그 생각을 떠올리던 참이라 피식 웃음이 터졌다. 그런 내 모습을 지켜보던 은아가 기지개를 켜듯 가슴을 앞으로 쭉 내밀며 덧붙였다.

"난 그렇게 자존감 떨어지는 애들 진짜 싫더라."

은아는 요즘 툭하면 자존감 타령이다. 마치 자존감 낮은 애들을 싫어하면 자기 자존감이 높아지는 듯이.

"내가 그래서 주리아 널 좋아하잖아. 난 너처럼 자존감 높은 애들이 부러워."

나는 아무 말도 하지 않았다. 남들 눈에 자존감 높은 사람처럼 보인다면 다행이지 뭐. 그렇지만 솔직히 그게 뭔지 정말 모르겠다. 자존감이라니. 은아가 그 단어를 입에 달고 살기 전까지는 관심도 가져 본 적 없었는데.

"우아, 주리야. 이거 네 오답 노트지? 진짜 깔끔하다. 어떻게 이래? 난 귀찮아서 못 하겠던데."

손희가 새살새살 웃으며 내 노트를 뒤적였다. SNS를 시작하기 전부터 손희처럼 내 손재주를 탐내는 애들이 많았기에 이런 반응엔 이제 제법 익숙한 편이다. 손희는 모처럼 내 주변에 사람이 없는 틈을 타 앞자리 의자를 차지한 채 몸을 돌리곤 손과 입을 쉬지 않고 놀려 댔다.

"글씨체도 진짜 예뻐. 아, 나도 너처럼 예쁜 필체 좀 가져 봤으면. 넌 타고난 거야? 아니면 연습한 거야?"

"아니, 뭐 그냥……."

당연히 연습한 거지! 하지만 솔직히 말해 줄 생각은 없었다. 연습장 몇 권을 다 쓸 정도로 노력에 노력을 더한 끝에 얻은 소중한 나만의 필체라고 굳이 구구절절 설명할 필요가 있을까. 우리가 그렇게 친한 사이도 아니고.

"SNS에 올리는 스톱워치는 어디서 산 거야? 희귀템 같던데. 스톱워치에 붙인 스티커도 엄청 귀엽고. 요즘 너, 팔로워 수도 꽤 늘었더라? 완전 인기 짱."

그때였다.

"어, 맞다. 손희 너 오오미랑 친하지 않니?"

금쪽같은 쉬는 시간을 방해하는 손희 때문에 슬슬 짜증이 나려고 하는 찰나, 은아가 쓱 다가와 끼어들었다.

"아, 오미? 뭐, 그다지."

"왜, 너네 맨날 붙어 다녔잖아."

은아가 제법 집요한 표정으로 얼굴을 들이밀자 손희가 부담스러운 듯이 몸을 뒤로 뺐다.

"잠깐 그랬지, 잠깐. 같이 안 다닌 지 얼마나 오래됐는데."

변명하는 것 같은 말투였다.

"그래? 음, 이유가 뭘까."

눈을 가늘게 내리뜨고 바라보는 은아의 시선을 견디지 못한 손희가 얼굴을 붉히며 비밀을 털어놓듯 말했다.

"오오미 걔, 하도 잘난 척을 해서 난 뭐라도 있을 줄 알았거든. 근데 웬걸. 다 빈말이고 허세더라고."

은아와 내 눈이 동시에 마주쳤다. 우리 둘 다 똑같은 생각을 하는 게 분명했다. 먼저 입을 연 쪽은 은아였다.

"혹시 오오미가 주리아에 대해 얘기하고 그런 건 없었어?"

"어?"

손희 얼굴에 마뜩잖아하는 표정이 스쳤다. 어째 낌새가 이상하다고 느끼는 듯했다.

"뭔가 알고 있는 게 있다면, 우리한테 좀 알려 줄 수 없을까?"

"그게 왜 궁금한 건데?"

손희가 볼멘소리로 물었다. 나는 잠시 그 질문에 대한 답을 생각했다. 난 왜 오오미에 대해 알고 싶은 걸까? 오오미가 무슨 말을 하고 다니든 신경 안 쓰면 그만인데. 아니 하나도 신경 안 쓴다고 큰소리쳐 놓고 왜 지금 은아가 하는 대로 내버려 두는 걸까?

"오해하고 싶지 않아서 그래."

차분한 목소리로 또박또박 말을 뱉자 마치 그것이 이유

의 전부인 듯 느껴졌다. 은아는 그런 날 물끄러미 바라보다
가 맞장구를 치며 말했다.

"그래, 맞아. 그냥 좀 찜찜한 게 있어서 확실히 해 두려는
거야. 요즘 이상한 SNS도 생기고 해서 이래저래…… 괜한
사람 의심하게 될까 봐."

"흐음……."

손희가 고민하는 표정을 짓자 은아는 틈이 보인다고 여
겼는지 냉큼 달콤한 목소리로 속삭였다.

"손희 너, 주리아한테 궁금한 거 많지?"

"어?"

은아의 말뜻을 바로 알아차린 손희가 이내 기대하는 듯
한 눈빛으로 나를 쳐다보았다. 알사탕 같은 손희 눈동자가
반들댔다.

"스톱워치 말고도 어디서 구했는지 궁금한 게 많긴 한
데……."

약간의 눈썰미와 투자할 시간만 있으면 어디서 파는지
다 알아낼 수 있을 텐데, 어떤 사람들은 그게 영 적성에 안
맞나 보다. 내가 못 이기는 척 양손을 들어 보이자 손가락

을 곰질대던 손희가 천천히 입을 열었다.

"하아, 참. 이거 내가 절대로 오오미 뒷담화하는 건 아니
고……."

손희 말에 따르면, 오오미가 날 경계하기 시작한 건 2학
년 때부터라고 한다. 서로 반도 다른데 날 어떻게 알고, 무
슨 이유로 나를 경계한 거냐 물었더니 손희가 제법 진지한
표정으로 대답했다.

"너 학교에서 유명했는데, 몰랐어?"

내가 SNS를 시작한 게 그즈음이긴 하고, 별 탈 없이 팔
로워 수가 늘며 지금까지 안정적으로 유지해 온 건 맞지
만, 정말 그것 때문에 날 경계한다고? 도무지 믿기지가 않
았다.

"넌 진짜 오오미한테 관심이 없구나."

손희가 신기하다는 듯이 나를 쳐다보며 덧붙였다.

"오오미는 진짜 너한테 관심 많은데. 오오미가 잠깐 유
튜브 했던 것도 넌 모르지? 하긴 그건 알기가 힘들지. 영상
다 합쳐도 조회수가 몇백 안 나왔거든. 아무튼 오오미 걔,

나랑 친할 때 네 얘기 안 한 날이 없어. 처음엔 네 팬인가 했다니까. 네 성적 알아내서 자기랑 비교하고 그러는 거 보고 나서야 엄청 뜨악한 거지. 맞다, 너보다 더 좋은 대학 갈 거라는 말도 했어."

"그거, 완전 질투하는 거네."

은아가 묘하게 복잡해 보이는 표정으로 말하자 손희가 '딩동댕 정답!'을 외치며 눈을 찡긋했다. 둘이 실없이 웃는데 나는 도저히 그 웃음 속에 끼어들 수가 없었다.

"거봐. 내 말이 맞았지?"

은아가 기세등등하게 말했다.

"그동안 내가 얼마나 답답했는데. 네가 내 말을 안 믿는 거 같아서. 주리아 넌, 가만 보면 사람 보는 눈이 없다니까."

"그건 네가 무턱대고 오오미를 나쁘게 말하니까⋯⋯."

"나쁘게 말한 거까진 아니고, 그냥 내 생각이 맞는 거 같은데 네가 귀담아듣질 않았지. 그리고 오오미가 진짜 무슨 생각인지 알고 싶기도 했고."

"그니까, 걔 생각이 왜 궁금한데? 은아 너 오오미랑 같은 초등학교 나왔다 그랬지? 둘이 무슨 일이라도 있었던 거야?"

이젠 말해 줄 때도 되지 않았나. 은아는 여태껏 오오미와 어떤 사연이 있는 듯한 뉘앙스만 흘렸을 뿐 정확히 무슨 일이 있었는지에 대해서는 한번도 제대로 얘기해 준 적이 없었다. 잠시 뜸을 들이던 은아가 낮게 숨을 뱉고는 입을 열었다.

"너, 내 꿈이 뭐였는지 알아?"

꿈? 난데없이 뭔 꿈? 은아는 눈만 깜빡거리는 나를 보고 싱긋 웃으며 말했다.

"축구 선수, 배구 선수, 육상 선수, 높이뛰기 선수…‥. 선수란 선수는 다 해 보고 싶었어. 그땐 내가 잘하는지 못하는지도 몰랐고, 그냥 매일 정신없이 뛰어노는 게 좋았어. 좋아하다 보니 욕심도 나고."

처음 듣는 이야기였다. 은아가 체육 시간에 돋보이는 편이긴 했지만, 그런 꿈을 꿨을 정도라고는 생각하지 못했다.

"오오미는 어릴 적부터 유명했어. 운동이라면, 종목을 가리지 않고 다 잘했거든. 소문을 듣고 다른 학교 코치까지 보러 올 정도였으니까."

"뭐? 오오미가?"

오오미가 운동 천재였다니 전혀 예상치 못했던 정보에 놀랄 수밖에 없었다. 어쩌면 그동안 난 오오미에 대해 아는 게 거의 없으면서도 은근히 오오미를 무시하고 있었던 게 아닐까 싶어 뜨끔했다.

"믿기지 않지? 근데 난 지금의 오오미야말로 믿기지 않는걸. 왜 저렇게 자기 재능을 썩히고 있는지……. 내가 누구 때문에 운동을 포기했는데."

"은아 너, 오오미 때문에 운동을 포기한 거야?"

은아가 혼잣말하듯 나지막이 내뱉은 마지막 말이 마음에 걸려 조심스레 물었다.

"핫, 아냐. 그냥 과장을 좀 보태서 그렇다는 거야."

돌연 어깨를 으쓱하며 소리 내어 웃어 보이는 은아의 표정이 외려 더 과장돼 보였다.

"그냥, 좋아하니까 욕심나고, 욕심나니까 열심히 했는데, 나도 모르게 자꾸 그 결과를 다른 사람이랑 비교하게 되더

라고. 일희일비라도 했으면 좋았을 텐데, 나는 계속 '비비
비비'였어. 그러다 보니까 다 재미없어지더라. 운동도 시시
하고, 나 자신도 시시하고."

은아는 얼굴에 웃음을 띤 채로 계속 말을 이었다.

"요즘 여기저기서 자존감 얘기 많이 하잖아. 어느 순간
그 생각이 딱 들더라고. 아, 나도 그때 자존감이 많이 떨어
졌던 거구나. 그래서 내 자신이 그렇게 시시하게 느껴졌던
거구나. 난 지금도 그때 느꼈던 감정들을 떠올리면 괴로워.
자존감 떨어지는 애들 보면 그때 내 모습이 떠올라서 더
싫고."

그제야 그동안 은아가 왜 그렇게 자존감이라는 말을 입
에 달고 살았는지 알 것 같았다. 새삼 그 단어가 무겁게 다
가왔다. 은아가 그토록 좋아한 운동을 포기하게 만든 단어
라면 다른 무엇에도 그만한 힘을 미칠 수 있지 않을까 싶
어서.

"사실 처음엔 오오미가 널 의식하는 것처럼 보여서 그냥
좀 웃겼어. 신기하다고 해야 하나. 근데 손희 말을 들어 보
니 오오미, 정말 널 질투하고 있었던 거잖아. 아마 지금 오

오미도 그때 나처럼 자기 자신이 시시하다 느끼고 있지 않을까?"

은아가 묘한 시선으로 나를 바라보았다.

"근데 넌 달라. 넌 한번도 너 자신을 그렇게 느껴 본 적 없지? 왠지 넌 앞으로도 쭉 그럴 거 같아. 난 그래서 네가 좋아. 너무 부럽고."

얼핏 듣는 이의 마음을 으쓱하게 만드는 고백처럼 들리는 말이었지만 이상하게도 은아의 말을 편안하게 받아들일 수 없었다. 나는 부담스러운 고백으로부터 뒷걸음질 치는 사람처럼 은아의 시선을 피하며 생각했다. 만약 내가 언젠가 은아의 기대를 충족시키지 못하는 날이 오면 은아는 오오미를 시시하다 여기듯 내게도 실망하게 될까.

"리아야, 아직 안 나가고 뭐 해?"

손희가 물었다. 은아가 일찌감치 몸을 풀기 위해 나가는 바람에 혼자 교실에 남아 꾸물거리고 있던 참이었다. 체육은 내가 가장 싫어하는 시간이라 몸 상태가 별로 안 좋다고 하고 교실에 남는 게 나을까 고민이 되었다.

"오늘 피구, 담임도 와서 응원한다던데."

엄살 피울 생각은 하지도 말라는 듯 손희가 옆구리를 찔렀다. 그날의 거래 이후로 부쩍 나를 살갑게 느끼는 눈치였다.

"상대편, 알지? 오오미네 반이야."

알지, 알아. 그래서 더더욱 내키지 않는다고. 오오미랑 얽히기 싫어서.

"얼른 나가자, 어서."

사실 내가 가장 자신 없는 분야에서 오오미와 맞붙고 싶지 않은 마음도 컸다. 운동이라면 딱 질색이라서. 그렇지만 제대로 된 핑계를 댈 자신이 없었다. 체력과 건강을 중요시하는 체육 선생님은 대충 둘러대는 말이 먹히는 사람이 아니었다. 별수 없이, 팔을 잡아끄는 손희를 따라 교실을 나섰다. 운동장으로 나가자 날카로운 오후의 햇살이 정수리에 혹 와닿았다.

"저기 있다, 오오미."

운동장 한가운데에서 오오미가 몸을 풀고 있었다. 나는 눈을 가늘게 뜨고 오오미를 살폈다. 마른 편이었지만 팔다리만큼은 꽤 탄탄해 보였다.

"오미, 원래 운동 엄청 잘하는 거 알지? 배구도 잘하고, 피구는 뭐 당연히 잘하고."

"나 피구 진짜 싫어하는데."

쏟아지는 햇살에 저절로 눈이 찌푸려졌다. 저 멀리 벚나무 가지에 흔들림 없이 단단히 뭉쳐 있는 벚꽃 무더기가 희뿌옇게 아롱졌다.

"아, 그래? 주리아 너, 보기엔 꽤 날렵할 거 같은데."

"땀 흘리는 거 싫어. 운동 신경도 없고. 공으로 때리고 맞는 건 더더욱……."

"맞아. 피구가 좀 그렇지."

내 말에 맞장구를 치면서도 손희의 시선은 줄곧 오오미를 향해 있었다. 그러다 어느 순간 오오미가 힐끗 손희를 쳐다보았는데, 보기에 따라선 싸늘하게 느껴질 수도 있는 눈빛이었다. 그 시선을 못 느꼈을 리 없는 손희가 고개를 돌리더니 불쑥 물었다.

"은아도 운동 잘하지 않니?"

"어? 어, 그렇지."

"은아 어딨지. 은아가 잘 뛰어 줘야 하는데."

손희 눈이 바쁘게 은아를 찾았다. 오오미는 그런 손희에게 여전히 시선을 두고 있었다. 그런데 좀 이상했다. 다시 보니 그저 싸늘한 시선 같진 않은 듯해서.

피구 시합의 결과부터 말하자면, 우리 반이 졌다. 5전 3승제인데, 내리 세 번을 지는 바람에 무참히 패배하고 말았다. 우리 반의 에이스는 역시나 은아. 하지만 오오미에겐 상대도 되지 않았다. 은아가 운동과 담쌓은 애들 사이에서 제법 돋보이는 정도라면 오오미는 지금이라도 늦지 않았으니 다시 운동부에 들어가라고 떠밀고 싶을 정도였다. 우리 반 절반 이상이 오오미 공에 맞아 탈락했으니, 그 실력만큼은 인정하기 싫어도 인정할 수밖에 없지만, 문제는 그중 가장 날래고 거친 공이 내 머리를 강타했다는 사실이다. 그대로 바닥에 자빠진 내 모습이 얼마나 우스꽝스러웠을진 굳이 설명할 필요가 없을 것 같다. 아픔 때문인지 분함 때문인지 눈물이 핑 돌았다.

게다가 아무 일 없었다는 듯이 경기가 계속되었더라면

좋았을 텐데, 내 바람과는 달리 한바탕 소동까지 일고야 말았다. 내가 쓰러지자마자 심판은 바로 타임아웃을 알렸고, 아이들은 내 곁으로 와르르 몰려들었으며, 내 상태를 살핀답시고 저마다 한두 마디씩 던져 대며 난리를 피웠다. 정말 쥐구멍, 아니 개미구멍이라도 찾고 싶은 심정이었다. 그런데 거기에 한술 더 떠 오오미까지 가만히 있질 않았으니……. 홍해가 갈라지듯 아이들이 좌우로 물러서자 오오미가 걸어와 걱정 가득한 얼굴로 내게 이렇게 물은 것이다!

"리아야, 괜찮아? 내 볼이 너무 셌지."

딩딩 머릿속 울림이 가라앉지 않아서 뭐라 대답해야 할지 제대로 생각할 수가 없었다. 그때 나선 사람은 은아였다.

"자기 볼이 그렇게 센 줄 알면, 좀 살살했어야 하는 거 아니야?"

"그게 맘대로 되는 줄 알아?"

"오오미, 너도 네 맘대로 안 되는 게 있구나. 생각보다 그런 거 참 많지?"

오오미는 그제야 자신에게 일침을 날린 상대의 얼굴을

빤히 쳐다보았다. 무언가가 생각난 듯도 하고 무언가를 생각해 내려고 애쓰는 듯도 한 표정이었다.

"은아야, 그만해. 나 이제 괜찮아."

그 자리를 빨리 탈출하고 싶어 둘러댄 말이었지만 어차피 내 진의가 어떠했든 내 말이 은아와 오오미 사이에 흐르는 긴장감에 전혀 영향을 끼치지 못한 건 분명해 보였다. 체육 선생님이 은아에게 날 부축해 양호실에 가 보라고 말하지 않았다면 과연 어떤 말들이 더 오갔을지 모를 일이다.

"오오미한테 한 방 날려서, 이제 속 시원해?"

은아에게 기대 타박타박 운동장을 가로지르며 내가 물었다. 그러자 은아가 후후 웃으며 대꾸했다.

"한 방은 무슨. 너야말로 오오미한테 시원하게 한 방 맞았지."

우리는 같이 흐흐 웃어 버렸다. 사실 아무것도 시원하지 않았는데도.

우리 반을 꺾은 오오미네 반이 무패 행진을 하며 승승

장구하는 모습을 지켜보기란 쉬운 일이 아니었다. 물론 평소 같았으면 피구 시합 따위엔 신경도 안 썼을 것이다. 하지만 이건 단순한 피구 시합이 아니었다. 오오미가 뛰는 시합이니까. 더군다나 오오미에게 무릎 꿇은 상대 중 가장 비참한 패배자의 모습을 보인 내가 유튜브에서 엄청난 조회수를 기록한 영상 속 하이라이트에 박제된 이상 신경을 안 쓰려야 안 쓸 수가 없었다.

"도대체 시합 영상은 누가 왜 올린 거야!"

댓글은 오오미에 대한 칭찬 일색이었다. 체육계의 꿈나무라는 둥, 당장 태릉인으로 키워야 한다는 둥, 나 몇 반 누군데 오미야 너 진짜 멋있다! 하는 댓글도 수두룩했다.

하지만 그보다 더 신경 쓰이는 건 영상 속 오오미 모습이 내 눈에도 꽤 멋있어 보였다는 점이다. 단순히 잘해서가 아니었다. 순간순간에 집중하는 에너지와 흐트러짐 없는 승부욕을 갑옷처럼 두른 오오미는 그 누구보다 빛나 보였다.

"신경 쓸 거 없어. 다들 금방 잊어버릴 거야."

은아가 내 굴욕 영상 같은 건 일주일도 안 걸려 잊힐 거라며 다독이듯 말했지만 전혀 위로가 되지 않았다. 오히려 심술이 났다. 다들 눈이 어떻게 된 거 아니야? 오오미의 난폭한 공에 맞아 나가떨어진 애들은 안 보이는 거야? 급기야 나는 피구라는 종목의 정당성마저 의심하기에 이르렀다.

"도대체 이런 위험한 운동을 왜 하는 거야? 이깟 운동을 잘한다고 저렇게 칭찬하는 게 말이 돼?"

은아는 하루 종일 불퉁거리는 나를 보며 어찌해야 좋을지 모르겠다는 표정으로 한숨을 내쉬었다. 그런데 그때 복도 저편에 손희와 오오미가 시시덕거리며 지나가는 것이 아닌가. 언제 멀어졌었냐는 듯 친근해 보이는 둘의 모습에 기가 찼다.

"그렇게 나한테 알랑방귀 뀌더니……. 내가 손 글씨 연습장까지 만들어 줬는데."

손희는 내게 짓던 표정과 똑같은 표정을 오오미에게 지어 보이며 웃고 있었다. 잠자는 시간까지 줄여 만들어 준 연습장이 떠올라 속이 쓰렸다.

"뭐, 오오미 인기가 높아지니 다시 붙었나 보네. 신경 쓰지 마. 손희랑 배신감 느낄 정도의 사이는 아니잖아."

배신감? 그 순간 내가 누군가에게 배신감을 느꼈다면 그
건 손희가 아니라 은아일 것이다. 이것도 저것도 신경 쓰지
말라며 대수롭지 않게 반응하는 은아의 태도에 섭섭함을
느끼던 차였으니까.

"어떻게 신경을 안 써, 이런 상황에서?"

내가 발끈하자 은아가 멈칫하고 내 표정을 살폈다. 잠시
정적이 맴돌았다. 먼저 입을 연 사람은 은아였다.

"주리아, 너 설마 지금 오오미한테 질투가 나서 이러는
거야?"

은아가 조심스럽게 물었다. 황당하기 그지없는 질문이었
다. 질투? 내가 오오미를? 어이가 없어서 아무 말도 하지
못했다. 은아는 내 침묵을 긍정의 의미로 받아들인 듯 이
어 말했다.

"너 같은 애도 질투를 하는구나. 신기하네."

은아가 낮은 목소리로 중얼거리는데, 화가 나기보다는
덜컥 겁이 났다. 내 자존감이 낮아졌다고, 은아가 그렇게
생각할까 봐.

"난 질투 같은 거 안 해."

겁이 난 상황에서 내가 할 수 있는 일은 하나밖에 없었다. 나는 일부러 센 척하며 보란 듯이 내 자존감을 저 높이 올려 두었다.

SNS에 사진을 올리고 싶은 마음이 들지 않았다. 하루라도 안 올리면 큰일 날 것처럼 법석을 떨 때도 있었는데, 요 며칠은 통 의욕이 나질 않았다. 무슨 생각을 골똘히 하는 것도 아닌데 항상 뭔가에 사로잡힌 듯이 머리가 아팠다.

"주리아, 잠깐 나 좀 볼래?"

내게 먼저 말을 걸 리 없는 목소리. 오오미였다. 나는 책상에 앉은 채로 고개를 들고 오오미를 올려다보았다. 지금 내 얼굴과는 분명 아주 다를 법한 앙센 얼굴을 마주하자 괜스레 속이 상했다.

"내가 왜?"

"그냥 잠깐이면 되는데 왜, 불편해?"

도발적인 말투였다. 일부러 나를 자극하려는 건지, 평소 말투가 원래 그런 건지 쉬이 판단이 서지 않았지만 일단 전자라고 생각하고 태세를 정비했다.

"내가 불편할 게 뭐 있어?"

"그럼 같이 나가든지."

아이들이 힐끗거렸지만 오오미는 개의치 않는다는 듯이 여유 있는 몸짓으로 돌아섰다. 쏟아지는 시선의 화살을 맞는 상황이 부담스러운 사람은 나뿐인 듯했다. 나는 고개를 숙이지 않으려 애쓰며 오미 뒤를 따라 교실 문을 나섰다.

"너, 내가 그 이상한 계정 운영한다고 의심했다며?"

복도 창밖으로 휘휘 벚꽃 잎이 떨어지고 있었다. 나는 창을 등지고 서서 내 눈을 똑바로 응시하는 오오미를 향해 초라한 톤으로 반문했다.

"누, 누가 그래?"

머릿속에 단박에 떠오르는 사람, 손희가 있었지만 시치미를 떼는 수밖에 없었다.

"누가 그랬는지 알면서, 잡아떼는 거 좀 웃긴다."

딱 걸렸어 하는 표정. 약이 올랐다.

"웃긴 건 너지. 네가 뒤에서 내 험담하고 다닌 것도 사실이잖아?"

"험담? 무슨 험담? 내가 너보다 더 잘될 거라고 다짐하

듯 말한 게 험담이야? 말이 어떻게 와전된 건진 잘 모르겠지만 난 그냥 앞으로 열심히 해서 널 이기고 싶다고 말했을 뿐이야."

대놓고 날 이기고 싶다고 말하는데, 그냥 가만히 있으면 어영부영 질 것만 같았다. 말꼬리를 잡아서라도 지고 싶지 않았다.

"넌 뭐든지 남보다 잘되거나 못 되거나 그런 게 기준이야?"

"뭐?"

"그거 외에는 기준이 없냐고. 꼭 누군가를 이겨야만 네 자존감이 채워지는 거라면……."

"장난해? 무슨 자존감 타령이야."

오오미가 면박을 주듯 말했다.

"내가 성적으로 널 이기지 못했다고 해서 내 자존감이 나락으로 떨어지거나 그랬을 거 같아? 전혀 아니거든. 우선 난 그 자존감이라는 단어 자체도 싫어한다고."

깔끔하게 딱 떨어지는 듯한 오오미 말투가 가슴을 우벼 팠다. 내가 언제부터 자존감을 그렇게 중요시했다고, 왜 지금 자존감 얘기를 했을까. 그게 뭔지도 잘 모르면서. 부끄러움에 화르륵 달아오른 마음이 금세 훅 가라앉아 볼품없이 쪼그라들었다. 오오미 앞에서 한없이 작아지는 듯한 기분이 들었다.

"내가 경쟁심이 좀 세긴 하지. 순간순간 질투하는 마음이 생겼던 건 맞아. 하지만 승패가 갈릴 때마다 자존감 어쩌고저쩌고, 그런 거에 휘둘리진 않는다고."

순순히 질투하는 마음을 인정하는 오오미의 태도가 신선한 충격으로 다가왔다. 이럴 수도 있구나. 그냥 이렇게 인정해 버릴 수도 있구나.

"아무튼 그 계정, 나 아니라고 분명히 말했다."

"근데 너…… 손희가 우리한테 네 얘기 하고 다닌 건 마음에 걸리지 않아?"

나도 모르게 치사한 말이 튀어나왔다. 어떻게 오오미가 손희를 다시 받아들일 수 있는지 궁금하기도 했지만 솔직히 손희가 괘씸해서 던진 말이기도 했다.

"나도 뭐, 예전에 하지 않아도 될 말 하고 다니고. 잘한 건 없어."

오오미가 목뒤를 슬쩍 긁으며 말했다. 아무래도 손희와 다시 친해지길 바라고 있었던 것 같다. 문득 피구 시합 때 손희를 바라보던 오오미의 시선이 떠올랐다. 그 시선에서 느껴졌던 복잡한 감정들. 그 안에 손희에 대한 섭섭함이나 후회가 자리하고 있었을 것이다. 우리는 좋아하는 사람에게 그런 감정을 느끼곤 하니까.

"손희도 나도 서로 사과하고 화해했고. 그리고 오늘 말하다 보니 분위기가 이렇게 됐지만 너한테도 사과하고 싶어. 그날, 피구 하던 날 말이야. 그때 바로 미안하다고 하려고 했는데……."

오오미가 내 눈치를 한번 살피더니 덧붙여 말했다.

"은아. 은아, 맞지? 은아가 끼어드는 바람에 잊고 있던 기억이 떠올랐잖아. 내가 운동 그만두고 공부한다고 그랬을 때 누가 지나가면서 던진 말이 있었거든. 낯익은 얼굴이었는데 그렇다고 딱히 아는 얼굴은 아닌 누군가. 아, 내가 원래 다른 사람한테 관심이 없고 사람 얼굴도 잘 기억 못 하긴 해. 암튼 그때 했던 말이……."

아무리 그래도 같은 학교에서 비슷한 운동을 하고 지냈

을 텐데 은아가 누군지도 몰랐다니 오오미도 참 별나다 싶었다. 남들 신경 안 쓰는 태도 하나는 부럽기도 했지만 한편으로는 은아가 왜 오오미에게 억하심정을 가지고 있는지 조금 이해가 되기도 했다. 어쩌면 무시당했다고 느낀 게 아니었을까. 처음엔 동경이었을 오오미에 대한 마음이 서운함과 미움이라는 감정에 물들어, 그렇게 변해 버린 게 아닐까.

오오미가 이어 말했다. 그때 은아가 던졌던 말을.

"넌 뭐든 다 네 맘대로 되니까 좋지? 그게 안 되는 사람 기분 따위, 넌 모르지?"

은아가 했을 법한 말이었기에, 대꾸하지 못했다.

"근데 그 말, 안 하던 공부를 하면서 알겠더라고. 열심히 해도 마음처럼 안 되는 일이 있다는 걸. 그래도 후회는 안 해. 노력하지 않으면 얻을 수 없는 것들, 노력해도 얻기 힘들 것들. 공부를 하지 않았으면 몰랐겠지. 내가 얼마나 부족한 사람인지, 나한테 이런 경험이 얼마나 필요했는지 말이야."

나는 가만히 오오미 얼굴을 바라보았다. 그 얼굴에서 풍기는 게 무엇인지 해석하고 싶었다. 그러다 곧 깨달았다. 겸허함. 오오미 표정이 드러내 보인 것은 바로 겸허함이었다. 굳이 스스로 자신을 도두 세우지 않아도, 당장의 부족함을 충실한 겸허로 채우는 오오미야말로 진짜 대인배처럼 느껴졌다.

"사실 나 그래서 말이야. 그렇게 주리아 너보다 10분 더 공부하려고, 기를 쓰고 있어."

오오미가 피식 웃으며 말했다. 자조적이지만 솔직함이 느껴지는 웃음이었다. 그 웃음에 어쩐지 살짝 마음이 풀려 나도 농담으로 맞받아쳤다.

"뭐야, 내 계정 따라 하는 거, 정말 너 아니야?"

"뭐래, 아니거든?"

오오미도 지지 않고 되받아쳤다.

"어, 어제 글 올렸네."

하굣길 벚꽃이 쏟아지는 와중에도 은아는 핸드폰만 들여다보며 걸었다. 나는 은아가 나를 보지 않는 줄 알면서도 가만히 고개를 끄덕였다. 오랜만에 SNS에 올린 글이었는데 하트가 3천 개나 찍혔다. 공감하는 댓글도 많이 달렸다. 아침에 다시 보니 간밤에 너무 진지함에 취한 상태로 글을 쓴 게 아닌가 하는 생각이 들어 조금 민망하기도 했지만 내 생각만큼은 변함이 없었기에 후회하지 않기로 했다. 더욱이 은아를 마주하니 내친김에 솔직해지자는 마음이 세졌다.

"응. 느낀 게 많아서. 참, 그게 생각보다 쉽더라고."

"뭐가?"

그제야 핸드폰에서 시선을 뗀 은아가 멀거니 나를 쳐다보았다. 나는 막 은아의 눈썹에 내려앉은 꽃잎 한 장을 떼어 주고는 찬찬히 속마음을 이야기했다.

"질투하는 감정 말이야. 막 고도로 복잡하고 어려운 이유가 있어야 하는 게 아니더라고. 사람들이 질투하는 감정을 부끄러워하고 숨기고 싶어 하는 이유는 아마도 그 이유가 너무 유치하기 때문인 거 같아."

그러니까 은아 네 말이 맞는다고, 나도 오오미를 질투했던 거라고 고백하는 말이었다. 유치하지만 그렇게 질투하게 되더라. 그런 마음이 그렇게 쉽게 생기더라. 그 감정을 너무 무겁게 잡고 있다가 나 자신까지 아래로 아래로 떨어지게 할 필요는 없더라. 그렇게 말하고 싶었다. 은아는 잠시 내 말이 무슨 뜻인지 헤아리는 듯한 표정을 짓다가 다시 핸드폰 화면으로 시선을 옮기며 말했다.

"그래서 이런 글을 썼구나."

은아의 핸드폰 화면에 보이는 것은 어제 내가 SNS에 올린 글이었다. 아까부터 은아가 시선을 박고 곱씹고 있던 내 글.

"어제 나는 나에게 말했다."

"으악, 안 돼. 지금 그걸 읽는다고?"

당혹스러워하는 내 반응에도 아랑곳하지 않고 은아가 낭랑한 목소리로 내 글을 읽어 내려갔다.

"자존감 낮은 자신을 싫어하는 대신 차라리 자존감이라는 단어를 싫어하자고. 그 말에서 느껴지는 높낮이를 싫어하자고. 자신을 존중하는 마음에 끊임없이 키 높이를 시도하게 하는 그 단어를 우리 함께 싫어하기로 하자고."

"으응."

새삼 민망함이 밀려와 이상한 소리가 나왔다.

"이거, 사실은 나한테 하는 말이지?"

"어? 아니. 우리한테 하는 말이지."

차분한 은아의 태도에 외려 내 쪽이 더 긴장하여 변명하듯 대답이 나왔다. 하지만 여기서 한발 더 나아가지 못하면 SNS에 올린 글도, 오오미를 질투했다고 고백하는 말도 모두 허사가 되어 버릴 것만 같았다. 나는 큰 숨을 들이마시고 다시 입을 열었다.

"나 사실 네가 나한테 실망할까 봐 겁나!"

"뭐? 왜?"

은아가 눈을 동그랗게 뜨고 나를 쳐다보았다.

"그깟 자존감 때문에 자꾸 그런 생각이 들었어. 만약에 내가 자존감이 떨어지면 네가 날 시시하다고 생각할 수 있으니까."

은아는 한동안 말이 없었다. 내 말의 의외성이 은아의 어떤 부분을 건드린 듯했다. 은아가 입을 다문 채 생각이 많은 얼굴을 하고 있는 동안 나 역시 아무 말도 하지 않는 편이 나을 것 같았다. 그래서 은아 어깨 위로 점점이 붙는 벚꽃을 가만히 지켜보기만 했다. 그저 내 솔직함에 은아

역시 솔직함으로 반응하기만을 바라면서.

"있잖아."

마침내 은아가 생각이 정리된 듯 입을 열었다.

"좋아하다가 부러워하고, 그러다가 질투하고, 이런 감정들 사실 다 한 끗 차이 같지 않아?"

듣고 싶던 말이었다. 그리고 이해할 수 있는 말이었다. 어쩌면 오오미를 향한 내 감정은 역순으로 흐를지도 모를 일이었다. 질투하다가 부러워하고, 그러다 언젠가는 오오미를 진짜로 좋아하게 되는 날이 올지도.

"내 말이 좀 이상한가? 나만 이렇게 느끼는 걸까?"

"아니, 전혀. 이상하기로 치면 SNS에 잔뜩 무게 잡고 쓴 내 글만 할까."

내 말에 은아가 후후 웃었다. 그 순간 바람이 세게 부는 바람에 은아 얼굴을 벚꽃 잎들이 후려쳤다. 은아가 눈을 찡그리며 흐흐 웃기에 나도 흐흐 따라 웃었다. 벚꽃 잎들이 내 얼굴도 때렸다.

은아가 얄궂은 웃음을 머금고 툴툴댔다.

"아무튼 주리야. 부러워서 질투할 뻔하다가도 못 하겠다니까."

나는 정수리에 쌓인 벚꽃 잎을 털어 내며 대꾸했다.

"하면 좀 어때."

은아가 하하 웃었다. 꽤 시원해 보이는 웃음이었다.

예전에 『쌤통의 심리학』이라는 흥미로운 책을 읽었다. '샤덴프로이데(다른 사람의 불행에서 느끼는 즐거움을 일컫는 독일어)'에 관한 다양한 실험들을 소개한 책이었는데 그중 원숭이와 개를 대상으로 한 실험이 특히 눈길을 끌었다. 동물도 인간과 마찬가지로, 다른 동물이 자신보다 더 나은 보상을 받으면 동요하거나 화를 낸다는 것이다. 똑같이 낮은 질의 보상을 받을 땐 만족하다가 상대적으로 높은 질의 보상을 받은 대상을 보면 기분이 나빠지는 이유는 뭘까. 저자는 사회적 비교의 위력을 강조한다. 바로 그 때문에 우월감과 열등감이 생기고, 내 안의 열등감을 누르고 우월감을 얻기 위해 타인의 불행과 실패를 마치 자양 강장제처럼 필요로 하는 거라고.

어쩌면 우리는 태어난 순간부터 비교당하고 비교하는 존재로 살아가는지도 모른다. 그런 존재로 살아가면서 질투라는 감정을 느끼지 않기란 얼마나 어려운 일인지. 그만큼 당연하고 자연스러운 감정인가 싶다가도 이 단순하고 유치한 감정에서 비롯된 복잡하고 이해할 수 없는 일들을 보다 보면 질투의 무게가 얼마나 무거워질 수 있는지 새삼 깨닫곤 한다. 그러니 이 감정이 비교적 가벼운 상태로 처음 우리를 찾아올 때 어떻게 잘 다루어 날려 보낼 수 있는지 고민해 봐야 하지 않을까. 여기 짧은 글에 그 고민을 실었다.

허진희

우리가 　 김해원

안
본
사
이

가람관 203호에서 중도 이탈자가 나왔다는 소문은 삽시간에 퍼졌다. 아무개가 퇴소 절차를 끝내고 짐을 꾸려 가람관 현관문을 열어젖히자마자 힐끔대며 어정거리던 소문은 쏜살같이 가람관 1층에서부터 4층까지 훑은 뒤에 남자기숙사 솔뫼관으로 건너갔을 것이다. 전교생이 똑같은 밥을 먹고, 똑같은 침대에서 잠을 자며 정해진 시간에 맞춰 일사불란하게 움직여야 하는 곳의 틈새로는 허튼 말이 헤집고 다녔다.

이번 소문의 장르는 미스터리였다. 성적 좋은 학생이 1학년 2학기 기말고사를 앞두고 느닷없이 일반 고등학교로 전학 가는 이유를 아무도 모른다고 수군거렸다. 301호에서는 낙오의 원인이 우울증 때문일 수도 있다고 추측했다. 은채는 동조하지 않고 어물쩍대다가 참고서를 챙겨 301호에서 슬그머니 나왔다. 은채가 동조하든 말든 비정한 타인들은 내일 아침이면 오늘의 비극을 잊고 새로운 소문의 서사에 가담할 터였다.

은채는 자습실 구석 창가 옆에 앉아 참고서를 펼쳤다. 책장을 조심스럽게 넘기는 소리, 텀블러를 살그머니 내려놓는 소리, 무언가 떨어뜨렸다가 가만가만 줍는 소리. 은채는 소리 내지 않으려고 안간힘을 쓰는 소리에 짓눌리는 것 같아서 등을 꼿꼿하게 세우고는 의자 등받이에 엉덩이를 더 바짝 붙였다.

창밖은 깜깜했다. 도시 외곽의 어둠은 짙어서 교문 문설주 위에 솟아 있는 전등의 누런 불빛과 순환도로의 아스라한 가로등 불빛뿐이다. 간간이 자동차 후미등의 붉은빛이 가뭇없이 사라졌다. 어둠이 눈에 익으면 중력을 거스르며 거침없이 위로 뻗어 올라가는 아파트가 실체를 드러낸다. 학교 주변에 대규모 아파트 단지 공사가 시작되자 학교운영위원회 학부모들이 수업권을 해친다면서 시청 앞에서 시위를 벌였어도 공사는 차질이 없었다.

여름부터 자가증식하듯 불어난 회색 건물은 야트막한 산 중턱에 덩그러니 있는 학교를 에워싼 장벽 같았다. 장벽은 이쪽과 저쪽을 가르는 경계다. 이 학교에 입학 원서를 쓸 때 담임은 장벽이 높아도 너는 가능하다고 장담했지만, 입학했다고 해서 장벽을 뛰어넘은 게 아니었다. 하루하루 힘겹게 기어올라야 하는 장벽은 도대체 끝이 어디인지 가늠도 되지 않았다.

이유가 어쨌든 결연히 장벽을 뛰어넘어 버린 이탈자가 부러웠다. 날마다 탈주를 궁리하면서도 결국 발도 못 떼고 그대로 주저앉아 있는 자신이 도리어 낙오자 같았다. 은채는 핸드폰을 들어 습관처럼 지수한테 문자메시지를 보내려다가 도로 내려놓았다. 지수와 주고받은 문자는 작년 겨울이 끝이었다. 어디냐고 묻는 은채의 질문에 지수는 끝까지 대답하지 않았다. 그게 둘의 마지막 소통이었다.

지수가 1년 만에 문자메시지를 보냈을 때, 은채는 닷새 동안 모아 놓은 빨랫감이 든 캐리어를 끌고 학교 진입로를 내려오고 있었다. 은채는 핸드폰에 지수 이름이 뜨자마자 곧바로 캐리어 행렬에서 이탈해 담벼락 쪽으로 비켜섰다. 은채가 핸드폰을 들여다보는 사이에 각양각색의 캐리어는 시멘트 바닥을 요란하게 구르면서 교문을 빠져나가 뿔뿔이 흩어졌다.

지수의 문자는 간단명료했다.

너희 집으로 온 등기를 우리 엄마가 대신 받았다.

짧은 글에서 속도가 느껴졌다. 1년 가까이 안부조차 묻지 않았던 불편한 감정이 끼어들지 못하도록 후다닥 달려와 휙 던져 놓고 내뺀 것 같은 글. 은채는 지수답다고 생각했다. 지수가 글과 함께 보낸 사진에는 제주시에서 보낸 우편 봉투가 있었다. 은채는 사진을 확대해 우편 봉투에 적힌 이름을 확인했다. 고은채. 자신의 이름이 분명했다. 그렇지만 제주시가 왜 우편물을 보냈는지 알 수 없었다.

은채는 문자를 던져 놓고 이미 멀리 달아났을 지수를 어떻게 불러 세울지 몰라서 안녕, 잘 지내? 안녕, 잘 지내고 있지? 안녕? 잘 있었니? 하고 썼다가 거듭 지워 버렸다. 둘은 낯간지러운 의례적인 인사 따윈 한 적이 없었다. 은채는 고맙다고만 하고는 미안하지만, 봉투를 뜯어 내용물을 찍어 보내 달라고 부탁했다.

지수는 아무 대꾸 없이 곧바로 제주도 로고가 왼쪽 상단에 선명하게 인쇄된 A4 용지 석 장을 찍어 보냈다. 제주시에서 보낸 공문의 제목은 「부동산소유권 이전등기 등에 관한 특별조치법」에 따른 확인서 발급 신청 사실 통지'였다. 긴 제목에 붙어 있는 본문 내용은 난해해서 여러 번 읽어도 해독이 어려웠다. 은채는 뒷장을 훑다가 멈칫했다. 고정석. 등기명의인 칸에 뚜렷하게 박혀 있는 이 이름 뒤 괄호 안에는 '이해관계인 고은채'가 붙어 있었다.

등기명의인 고정석은 간암 3기 판정을 받고 의사의 선고대로 3개월을 넘기지 못했다. 코로나19에 감염될까 봐 병원과 요양 병원을 오가면서 치료받던 고정석은 끝내 집으로 돌아오지 못했다. 엄마는 남편이 집에 오지 못한 걸 가장 슬퍼했다. 엄마가 유골함을 얼마간이라도 집에 두겠다고 하자 엄마 친구들이 말렸다. 이리된 거 빨리 정을 떼야 한다고.

세상은 매정했다. 은채는 장례식을 치른 다음 날 엄마와 주민센터에 가서 사망신고를 했다. 사망신고만이라도 천천히 하고 싶었지만, 그럴 수 없었다. 엄마는 회사에 사망확인서를 제출해야 했고, 아빠 이름으로 된 통장과 보험을 처리해야 했다.

엄마는 산 사람은 살아야 한다고 말했다. 산 사람을 위한 행정 절차는 채 5분도 걸리지 않았다. 몇 분 만에 고정석은 이 세상에서 완전히 제적 처리되었고, 모든 권리와 의무가 끝났다. 그 뒤로 어쩌다 고정석 이름으로 오는 우편물은 광고 전단 따위였다. 은채는 이사하기 전까지 아빠 이름이 적혀 있는 우편물을 버리지 않고 갖고 있었다.

은채는 공문에 적힌 아빠 이름을 보며 아빠의 부재를 또 확인했다. 죽음은 실체가 없어서 은채가 아빠의 죽음을 자각하지 않으면, 아빠는 이른 아침에 출근해서 온종일 재단기로 나무를 자르다가 틈나면 커피믹스를 마시면서 공장 터줏대감인 진돗개 장군이하고 장난을 치고 퇴근하면 소파에 누워 리모컨을 손에 꼭 쥐고는 예능 프로그램을 보면서 큰 소리로 웃었다. 그렇게 아빠는 은채의 의식이 닿지 않는 감각의 세계에서 멀쩡하게 살아 있다가 맞아, 아빠는 없지 하는 순간에 사라지고 만다.

그래서 은채는 이미 가족관계증명서에 사망이라고 적혀 있는 죽음을 수없이 소환해야 했다. 바로 조금 전만 해도 덜거덕거리는 캐리어를 끌면서 오늘 밤에 학원 끝나면 아빠하고 치킨이나 시켜 먹어야지 했다가 눈시울이 시큰했다. 죽음은 끝이 아니었다.

주소를 알려 주면 우편물을 보내 주겠다는 지수의 사무적인 말에 은채는 얼른 지금 받으러 가겠다고 했다. 집에 들러 캐리어만 던져 놓고 곧장 학원에 가야 했지만, 우편물도 지수도 빨리 보고 싶었다. 지수는 센터 앞에서 만나자고 했다.

은채는 전철을 타고 가는 동안 핸드폰에 저장한 제주도 여행 사진을 봤다. 5학년 겨울방학에 간 제주도는 추웠다. 바닷가든 들판이든 사진 속에 셋은 잔뜩 움츠려서 어깨가 솟아 있었다. 뒤로 눈 덮인 한라산의 민틋한 긴 능선이 보이는 사진에서 은채는 긴 머리칼이 사방으로 휘날리고, 아빠는 웃는 것도 우는 것도 아닌 표정을 짓고 있었다. 아빠는 여행 내내 제주도는 겨울에 올 데가 못 된다면서 투덜거렸다.

고정석은 제주도에서 태어났지만, 제주도의 겨울을 알지 못했다. 할머니 손에 큰 고정석은 일곱 살 때 할머니가 돌아가시고 서울에 있는 보육원으로 보내졌다. 고향에 대한 기억은 할머니와 살았다는 것뿐이었다.

은채는 전철역에서 내려 익숙한 길을 걸으면서 오래전에 아빠가 한 말을 떠올렸다.

"아빠 고향은 여기야. 우리 딸이 태어나서 자란 데가 아빠 고향이야."

초등학교 3학년 때 부모님 고향을 조사해 오라는 숙제였는데, 은채는 아빠 말을 순순히 따르지 않았다. 자신이 나서 자란 곳은 너무 평범했다. 논이거나 밭이었던 곳에 우후 죽순으로 아파트가 들어서고, 전철역이 생겼다는 것 말고는 말할 게 없었다. 엄마는 동네 명물로 60년이 넘은 국숫집이 있지 않냐고 했지만, 은골국숫집의 창업주인 김예분 할머니의 대를 잇는 손자며느리의 아들이 같은 반이라서 쓰고 싶지 않았다. 은채는 사실대로 아빠 고향을 제주도라고 밝히고는, 제주도는 우리나라에서 가장 큰 섬이며 해녀가 있고 귤이 많이 나온다고 적어 냈다.

은채는 횡단보도 앞에서 신호가 바뀌기를 기다리며 식자재 마트를 건너다봤다. 학교 강당 같은 식자재 마트를 사이에 두고 왼편엔 오래된 기와집들이 지붕을 맞대고 있고, 오른편엔 빌라와 아파트가 들어서 있는 동네에서 은채는 16년을 살았다. 은채는 왼편 어느 기와집에서 태어나서 어린이집에 들어갈 무렵 오른편 세영아파트로 이사했다. 엘리베이터가 없는 5층짜리 세영아파트는 정우가 사는 28층 그린메트로 아파트 옆에 있다.

세영아파트는 도로에 바짝 붙어 있어서 은채네 집 베란다 문을 열면 낮은 담장 너머 새마음 교회가 있는 건물이 바로 보였다. 그 건물에 은채가 다니던 지역아동센터가 있었다. 4층에는 새마음 교회가 있고, 3층에는 꿈꾸는별 지역아동센터, 2층에 우리 인력센터, 1층에는 푸른 횟집과 아이스크림 할인 가게, 지하에 제니 노래방까지 완비한 건물.

정우는 이 건물을 희로애락이 다 있는 인생의 축소판이라고 했고, 지수는 돈 많이 벌면 이런 건물을 꼭 살 거라고 했다. 지수는 1층에 카페를 차려 엄마한테 주고, 노래방은 오빠한테 맡긴다고 했다. 지수 오빠는 가수가 꿈이지만, 지수는 제 오빠가 죽었다가 깨어나도 가수는 되지 못할 거라고 했다.

곧 지수를 만난다. 은채는 가슴이 두근거렸다.

센터 앞에는 지수가 아니라 정우가 있었다. 정우는 아이스크림 할인 가게 앞에서 전철역 쪽을 보며 꼿꼿하게 서 있었다. 합기도 도복을 입은 정우는 맨발에 슬리퍼를 신고 있었다. 정우는 은채를 보고는 팔을 번쩍 들어 올렸다. 은채는 정우의 덜름한 바짓단 아래 툭 불거진 복숭아뼈를 보면서 캐리어를 끌고 느릿느릿 걸어갔다.

"안 추워?"

"별로."

"지수는?"

"친구들하고 약속 있대. 너는 어디 가?"

정우는 캐리어를 힐끗 보고는 쥐고 있던 우편 봉투를 은채에게 건넸다. 은채는 우편 봉투를 받아 그대로 가방 앞

주머니에 집어넣었다.

"가긴, 오는 거지. 금요일에 기숙사에서 나와서 일요일에 다시 들어가. 아직 합기도 다녀?"

"응."

"진짜 합기도 오래 다니는구나. 지금 도장에 가는 거야?"

"그냥 하던 거니까. 도장은 센터 가서 밥 먹고 가면 돼."

"요새도 센터에 가? 수업도 있어?"

"수업은 일주일에 한 번. 지수하고 영어 수업 들어. 센터 들어갔다가 갈래?"

"지수도 밥 먹으러 온대?"

"아니, 오늘은 안 올걸. 밥 먹고 가. 원장님이 반가워할 거야."

"다음에. 오늘은 바로 학원에 가야 해. 요새도 밥 맛있지?"

"응. 조리사 할머니 계속 계시니까."

"가끔 여기 밥이 생각나."

은채는 말하면서 3층을 올려다봤다. 지역아동센터 간판

에 있는 별은 누르스름했다. 은채가 처음 여기 왔을 때 간판의 별이 샛노랬다. 은채가 센터에 등록한 날, 정우는 책상 앞에 앉아 수학 문제를 풀고 있었다. 지수는 2학년 때 은채네 앞집으로 이사 오면서 센터에 같이 다녔다. 셋은 센터가 끝나면 서로 집을 오가면서 놀았는데, 정우는 합기도 도장에 다니면서부터 남자애들하고 더 자주 어울렸다. 그래도 중학교에 올라가서는 센터에서 셋이 영어나 수학 수업을 듣고 같이 저녁을 먹었다. 은채는 기숙사에 들어간 뒤로 자주 센터가 생각났다. 계단 입구부터 싸구려 방향제 냄새가 나는 건물을 오르내리고, 자기 이름이 쓰인 실내화를 찾아 신고, 얼룩진 의자에 앉아 공부하고 밥 먹던 그 시간. 그때는 지수와 정우가 있고, 아빠가 살아 있었다.

"살아서는 연락 한번 않더니, 웬일로 죽고 나서는 큰삼촌 아들이라는 인간이 늦게 알았다면서 전화했다 했어. 그래, 이상하다 싶었어. 나쁜 인간들. 코 흘리는 애를 버리고, 이제 그 땅도 빼앗으려고?"

은채는 제주시에서 온 공문을 식탁에 휙 집어 던지고는

치킨이 든 상자 뚜껑을 우악스럽게 뜯는 엄마를 빤히 봤다.

"아빠 삼촌이 있어? 제주도에?"

"삼촌은 무슨, 인연 끊고 살았는데 남이지. 아니, 남보다도 못하지. 조카가 물려받은 땅을 기어코 빼앗으려고 아귀처럼 달려들잖아."

"엄마는 알고 있었어? 아빠 삼촌이 있다는 거?"

"네 아빠, 제주도에 삼촌이 둘이나 있어. 결혼할 때 핏줄이라고 마음에 걸려서 삼촌들한테 연락했더니 둘 다 아파서 비행기를 못 탄다나, 그러고는 끝이야. 제주도에서 자란 애를 서울에 버린 인간들이 오죽하겠어. 자식들도 다 부모 보고 배워서 못돼 먹은 거지."

"진짜 아빠 친척들이 있었던 거야? 아빠 그런 얘기 안 했잖아?"

"네 아빠 아무도 없는 셈 치고 살았으니까. 그래야 속이 편했으니까. 저 땅은 네 아빠의 아버지 이름 앞으로 돼 있었나 봐. 손바닥만 한 텃밭이래. 예전에는 그 땅이 아무것도 아니었는데, 제주도 땅값이 천정부지로 오르니까 다들 눈독 들이는 거지. 기가 막히지. 인간이면 어떻게 그걸 달라고 하냐?"

"아빠한테 달라고 했어?"

"그랬대. 사촌들이 그 땅에 제 아버지들 몫도 있다고. 아
빠가 그 사촌들 만나려고 제주도에 갔다 왔잖아."

"혼자?"

"응. 2년 전에 갔다 왔어. 그 텃밭에 사촌 하나가 귤나무
를 심어 놨더래. 네 아빠는 그 말만 하고 그만이야. 아니,
엉뚱하게 그 동네에 있다는 구멍가게 얘기를 하더라고. 구
멍가게 할머니가 자기를 기억하더라나. 그 뒤로 네 아빠 한
번 더 거기 갔다 왔잖아. 구멍가게 간다고. 거기 가면 쪼그
라들었던 몸이 쫙 펴진다나, 어쩐다나. 짠하게 그러더라고.

그런데 진짜 생각할수록 열받네. 버젓이 고정석이 상속
받은 걸 알면서 자기네들 재산이라는 확인서를 발급받으
려고 해? 정말 이 인간들이 착하게 살려는 사람을 자꾸 건
드리네. 고정석이 죽었다고 호락호락 그 땅을 내줄 거 같
아? 김현숙을 뭐로 보고. 정말 전투력 돋네. 영미 얘는 벌
써 자려나."

김현숙은 제주도에서 온 공문을 챙겨 안방으로 들어갔

다. 김현숙은 공인중개사인 친구와 머리를 맞대고 아귀들과 어떻게 대적할지 궁리할 판이었다.

은채는 아빠가 늘 모로 누워 있던 소파를 봤다. 엄마는 아빠의 부피만큼 밑으로 꺼지고 닳은 소파를 좁은 집으로 이사하면서도 끌고 왔다. 은채는 아빠를 기억한다는 구멍가게가 궁금했다. 아빠는 그곳에 왜 또 간 걸까? 왜 쪼그라들었던 몸이 펴진다고 했을까? 안방에서는 화를 냈다가 울었다가 깔깔 웃는 엄마의 종잡을 수 없는 대화가 새어 나왔다. 은채도 엄마처럼 친구를 붙잡고 얘기하고 싶어 핸드폰을 켰지만, 전화할 친구가 마땅히 없었다.

은채는 정우와 지수가 있는 단톡방에 들어가 오래전에 셋이 주고받던 대수롭지 않은 말들을 한참 읽었다. 은채와 지수가 멀어진 뒤로 단톡방에는 간간이 정우가 나뭇가지에 새처럼 앉아 있는 고양이 사진이나 긴 나뭇가지를 물고 날아오르는 새 사진 따위를 올렸다. 정우는 여름방학 때 베트남 외갓집에 왔다면서 키 큰 야자나무가 있는 이층집 사진을 올리고는 잠잠했다. 은채는 그 사진에 엄지손가락을 올린 이모티콘을 달아 놓았고, 지수는 보고도 묵묵부

답이었다.

은채는 주저하다가 단톡방에 글을 썼다. 제주도에 아빠가 어릴 적에 다니던 구멍가게가 있다고. 그러고는 바로 후회했다. 그런데 밑도 끝도 없는 말에 정우가 곧바로 대박이라면서 혹시 너희 엄마가 구멍가게 인수하시려는 거냐고 물었다. 은채는 웃음이 나왔다. 정우라면 제주도에서 온 우편물을 보고 엉뚱한 상상을 할 만했다. 은채는 어처구니없어하는 표정의 이모티콘을 달았다. 그리고 곧 은채와 정우 말에 달려 있던 '1'이 지워졌다. 지수도 보고 있었다. 정우가 입구에 과자 봉지가 줄줄이 매달려 있는 베트남 가게 사진을 올리고는 제주도 구멍가게도 가 보고 싶다고 했다. 그래, 가자! 호기롭게 말해 놓고 보니, 진짜 가 보고 싶었다. 아빠가 왜 그 구멍가게를 다시 찾아갔는지 직접 보고 싶었다.

정우는 언제 가느냐고 묻고는 은채가 어물대는 사이에 내일 바로 가자고 나섰다. 정우는 진지했다. 아침 여섯 시부터 일곱 시 사이에 비행기표 값이 싸다면서 당장 예매해야 한다고 했다. 선뜻 가자고 했던 은채는 내일 오전부터 학원 수업이 있고, 기말고사가 두 주밖에 남지 않았다는 것을 떠올리면서 머뭇거렸다. 정우가 주민등록번호를 알려주면 대신 예매하겠다고 하자 돈은?이라고 말한 건 여태 지켜만 보고 있던 지수였다. 정우는 자기가 먼저 낼 테니, 나중에 달라고 했다. 일사천리였다.

은채는 정우가 보내 준 전자항공권을 보고는 겁이 더럭 났다. 진짜 이렇게 어른도 없이 비행기를 탄다고? 그러고 보니 은채가 태어나서 처음으로 어른 손을 놓고 어른의 세계에 들어갈 때 언제나 정우와 지수가 있었다. 동네 노래방에 가서 어른들 눈치 보지 않고 펄쩍펄쩍 뛰면서 노래할 때도, 전철을 타고 서울 홍대 앞에 가서 여기저기 기웃대다가 겨우 핸드폰 케이스를 하나씩 샀을 때도, 롯데월드에 가다가 교통카드를 잃어버려서 울었을 때도 셋이 함께 있었다. 셋은 단골 노래방이 생겨 주인아주머니가 늘 30분씩 시간을 더 넣어 줬고, 홍대 앞에서도 주눅 들지 않고 닭갈빗집에서 치즈까지 추가해서 먹었고, 교통카드를 잃어버렸을 때는 어떻게 해야 하느냐고 역무원한테 당돌하게 물을 수 있었다.

다음 날 아침에 은채는 공항 탑승구 앞 의자에 앉아 있는 지수와 정우를 보자마자 불안했던 마음이 누그러졌다. 정우는 은채가 메고 있는 묵직한 가방을 보고는 소리 내 웃었다.

"너, 새벽부터 학원 간다고 하고 나온 거냐?"

"고은채, 그랬겠지."

지수는 은채와 눈이 마주치자 핸드폰으로 눈을 돌렸다. 은채는 마스크 때문에 지수의 표정을 읽을 수 없었다. 은채는 지수 옆에 가방을 내려놓았다.

"너희는 제주도에 간다고 말씀드렸어? 괜히 나 때문에 무리한 거 아냐? 돈도 많이 드는데. 기말고사도 얼마 안 남았지?"

"우린 기말고사 아직 멀었는데? 그리고 너 때문에 가는 거 아냐. 아저씨가 어릴 적에 다녔다는 구멍가게가 궁금해서 가는 거지."

지수는 핸드폰에서 눈을 떼지 않은 채 말했다. 정우는 고개를 끄덕였다.

"나는 우리 엄마한테 고은채 아빠가 사셨던 동네에 갈

일이 있다고 했어."

"엄마가 괜찮다고 하셨냐?"

"제주도라는 말은 안 했어. 그래도 거짓말은 아니니까."

"내가 너 제주도 가는 거 너희 엄마한테 다 이른다."

"그러는 너는?"

"나? 나는 오늘 제주도 간다고 감독님한테 말했어. 제주
도에 사는 친척 결혼식에 가야 한다고 했어. 물론 우리 식
구들은 내가 훈련하러 간 줄 알겠지."

"이렇게 입고?"

정우는 짧은 교복 치마 위에 파란색 점퍼를 입은 지수를
보면서 어이없어했다. 지수는 자기 가슴 위에 찰싹 달라붙
어 있는 앙증맞은 까만 크로스 백을 토닥였다.

"여기 운동복이 들어 있다고……. 우리 가족들은 그런
줄 알 거야."

"너, 육상 다시 시작한 거야?"

은채의 질문에 지수가 고개를 쳐들었다.

"나, 육상 그만둔 적 없는데!"

지수는 쌀쌀맞게 말하고는 시간 다 되었다면서 벌떡 일

어나 탑승구 쪽으로 걸었다. 정우가 일어서면서 나지막하게 말했다.

"나중에 말해 봐."

은채는 정우 뒤를 따라가면서 고등학교 원서 쓸 무렵의 기억을 떠올렸다. 분명히 지수는 고등학교에 가서는 육상을 하지 않겠다고 해서 그런 줄 알았다. 자기 정도 실력으로는 육상으로 성공하기 어려워서 하루라도 빨리 때려치워야 한다는 말을 입에 달고 살았으니까. 지수의 꿈은 부자가되는 거였으니까. 어쩌다 지수 SNS에 들어가 보면 카페에서 찍은 사진이나 학교에서 친구들하고 찍은 사진뿐이라서 지수가 진짜 육상을 관둔 줄 알았다. 은채는 비행기 좌석에 앉자마자 눈을 감고 있는 지수를 슬쩍 봤다. 1년 사이에 지수는 목도 좀 길어지고, 어깨도 단단해진 것 같았다.

은채는 추운 날 지수가 학교 앞 버스 정류장에 자신만 세워 놓고 가 버린 일이 생각났다. 지수는 추우니까 버스 타고 가자는 은채 말을 들은 척도 하지 않고 자기네 반 아이와 가 버렸다. 그날 은채는 3년 내내 집에 같이 가던 지수가 다른 애하고 딱 붙어서 가는 뒷모습을 오랫동안 바라봤다. 지수가 왜 그랬는지 그때도 지금도 알 수가 없었다. 지수는 비행기가 제주 공항 활주로에 내려앉을 때 깼다.

정우는 공항 대합실로 나가자마자 관광 안내 센터에서 지도를 여러 개 가져와서는 둘 앞에 펼쳐 놓았다.

"우리 어디로 가는 거지?"

"중문. 아니 중문에 있는 텃밭에 가야 해. 제주시에서 온 공문에 그 텃밭 주소가 있어. 텃밭이니까 가까이에 아빠가 살던 집이 있었을 테고, 그 동네에 구멍가게가 있지 않을까?"

은채는 지도에서 섬의 남쪽에 있는 중문을 손가락으로 짚었다. 지수는 중문이라는 은채 말에 큰 소리로 대꾸했다.

"중문이면 버스 타면 돼. 여기서 한번에 갈 수 있어. 한 시간쯤 걸릴 거야. 우리 중학교 육상부 동계 훈련한 데가 중문이잖아. 그쪽은 내 손바닥이야."

지수의 호언장담은 중문 관광 단지 입구에 내린 순간부터 흔들렸다. 지수는 주변을 두리번거리더니 동계 훈련하러 온 데가 아닌 것 같다면서 고개를 갸웃거렸다. 은채는 우선 눈앞에 보이는 생선구이 식당에서 밥을 먹고 움직이

자고 했다.

밥을 먹는 동안 정우는 주머니에 넣어 두었던 지도를 꺼내 놓고 핸드폰 지도를 같이 보면서 텃밭으로 가는 길을 찾았다. 지수는 고등어 살을 발라 먹으면서 누군가하고 문자를 주고받고는 웅얼거렸다.

"우리 동계 훈련한 데는 서귀포네. 중문은 버스 타고 지나간 거래. 그래서 헷갈렸어."

"서귀포가 바로 중문 옆인 거잖아. 그래도 네가 와 본 적이 있어서 우리 버스도 쉽게 탔어."

"여기 식물원에는 온 적 있어. 이따 시간 나면 거기 가자. 한번은 볼 만해."

지수는 밥을 다 먹고는 자기 앞에 있는 휴지를 은채 앞에 놓아 주었다. 은채는 휴지 몇 장만으로도 둘 사이에 찜찜하게 남아 있는 앙금을 씻어 낼 줄 알았다.

텃밭으로 가는 길은 바다를 향해 뻗어 있었다. 셋은 2차선 도로 옆 인도로 걸어갔다. 길옆은 쭉 감귤 과수원이었다. 초록 잎이 무성한 감귤나무에 노란 감귤이 주렁주렁 매달려 있는 것을 보자마자 지수는 탄성을 지르면서 핸드폰을 들이댔다. 정우는 담장 위를 빠르게 지나가는 까만 고양이를 찍었다. 은채는 지수가 돌담 너머로 손을 뻗어 감귤 한 알을 따는 시늉을 하는 걸 찍어 주기도 했다. 감귤나무가 없는 들판에는 흰 억새가 물결치면서 수평선으로 이어졌다. 파란 하늘과 맞닿은 바다는 윤슬이 보석처럼 반짝였다. 세상은 평화로웠다.

정우가 억새밭에서 사진을 찍고 있는 지수와 은채한테 아무래도 길을 잘못 들어서 해안가로 내려갔다가 반대쪽으로 다시 올라와야 한다고 했을 때도 셋의 평화는 깨지지 않았다.

셋이 도로를 빠져나와 들어선 곳에서는 산에서 바다로 흐르는 물줄기가 만들어 놓은 가파른 협곡이 보였다. 협곡을 따라 이어진 비탈진 길은 땅에서 솟은 물이 바다로 들어가는 개어귀에서 끝이 났다. 그리고 바다가 펼쳐졌다. 새파란 바닷물은 바다로 스민 검은 갯바위에 부딪히면서 하얗게 부서졌다. 포말이 튀어 오르는 갯바위에서 남자 셋이 낚시를 하고 있었다.

"여기 카페 없나? 우리 커피 마시면서 바다 좀 보고 가자."

지수 말에 정우는 핸드폰 지도를 보면서 카페를 찾다가 여기 유명한 관광지가 있다면서 해변 끄트머리에 솟은 절벽을 가리켰다.

"저기, 주상절리가 있어. 우리 보고 갈래? 어때?"

"주상절리?"

지수는 핸드폰을 높이 들고 수평선에 걸쳐져 있는 듯한 배와 멀리 보이는 흰점과 같은 등대를 찍으면서 물었다.

"용암이 굳은 거잖아. 저쪽으로 가면 볼 수 있나 봐. 가볼래?"

"그러든지."

정우는 대답을 듣기 전에 벌써 해안 도로에서 풀쩍 뛰어내려 우묵한 갯바위에 발을 디뎠다.

"너네 조심해서 와!"

"너나 잘해!"

지수는 핸드폰을 든 채 정우가 밟은 바위로 내려섰다. 은채도 지수 뒤를 따라갔다. 정우는 겹겹이 늘어선 갯바위를 넘어서 굵직한 자갈이 깔린 해변에 들어서자 경중경중 걸었다. 은채는 자꾸 어깨에서 흘러내리는 가방끈을 양손으로 단단히 쥐었다.

셋이 절벽 앞에 닿았을 때 뒤에서 요란한 전자 호루라기 소리가 들렸다. 셋이 동시에 뒤를 돌아봤다. 낚시하던 남자들 중 하나가 노란 전자 호루라기를 흔들면서 오라는 손짓을 했다.

"뭐야?"

지수가 시큰둥하게 말했다.

"오라는 거 같은데. 여기 통제구역인가? 정우야, 여기 통제하는 거 아냐?"

"아니, 그런 건 못 봤는데."

셋이 주춤대고 있는 사이에 호루라기를 든 남자는 갯바위를 겹석겹석 뛰어넘어 오면서 소리쳤다.

"거기 통행금지라고! 빨리 나와!"

남자의 고함이 들리자마자 정우는 순순히 뒤돌아서 걸어 나갔다. 은채도 군말 없이 정우를 따라갔다. 지수는 미적거리다가 마지못해 걸음을 떼면서 거의 다 왔는데 그런다고 투덜댔다.

얼굴이 불그죽죽한 남자는 셋한테 다가오면서 퉁명스럽게 말했다.

"학생들 현수막 못 봤어? 거기 통제구역인데, 그렇게 함부로 들어가면 어떡해."

"못 봤는데요? 현수막을 바로 앞에 세웠어야지요."

지수가 쏘아붙이자 남자 얼굴이 찌푸려졌다. 은채가 얼른 남자 앞으로 나서면서 고개를 숙였다.

"죄송해요. 저희가 현수막을 못 봐서 통제구역인 줄 몰랐어요."

"위험해서 통제하는 거야. 바닷물이 들어오면 거기서 발이 묶인다고. 주상절리를 보려면 저쪽 건너편 공원으로 가. 거기서도 잘 보이니까."

아저씨는 지수를 아래위로 훑고는 전자 호루라기를 흔들면서 낚시하던 곳으로 돌아갔다. 지수는 남자 뒤통수를 노려봤다.

"왜 반말이야? 위험하면 접근 금지 띠라도 쳐 놨어야지. 그리고 감시할 거면 제대로 하든지. 자기는 낚시나 하면서 왜 큰소리야? 그런데 고은채는 잘못한 것도 없는데 왜 사과를 하냐?"

"응?"

"아무튼 혼자 잘났어."

지수는 은채 가방을 어깨로 툭 밀치면서 발을 내디뎠다. 은채가 뒤돌아서며 지수의 팔목을 잡았다.

"김지수! 너, 뭐라는 거야? 내가 뭐?"

지수가 은채 손을 뿌리쳤다.

"너 잘났다고. 저만 반듯하고 똑똑한 척한다고. 재수 없게."

"너, 말이 왜 그래? 저 아저씨가 너한테 뭐라고 할까 봐 그런 거잖아."

"왜? 저 아저씨가 뭐라고 하면 내가 아무 소리도 못 하고 당할까 봐? 넌 내가 우습지?"

지수는 은채를 노려봤다. 은채는 지수 눈을 피하지 않았다.

"이건 또 무슨 억지야?"

"너, 고등학교 원서 쓸 때 우리 반 애한테 그랬다면서. 못 하더라도 좋아하면 계속하는 건데, 못하면서 좋아하지도 않으니까 내가 육상 그만둘 거라고. 어떻게 친구를 대놓고 까냐?"

"내가? 내가 언제? 누구한테? 너네 반 누구한테?"

"지금 누구한테 한 게 중요해? 나는 너 공부 잘해서 자 사고 간다고 우리 반 애들한테도 자랑했는데, 어떻게 너는 내 뒷담화를 하고 다니냐? 그래도 내가 경기도 육상대회에 서 동메달까지 땄는데, 아예 못한다고 무시한 거잖아? 그 리고 내가 육상 좋아하는지 안 좋아하는지 네가 알아?"

"너 우리한테 맨날 육상 싫다고 했잖아."

은채는 말하면서 정우를 봤다. 정우는 둘한테서 멀찍이 떨어져 핸드폰을 들여다보고 있었다. 정우는 어릴 때부터 둘의 싸움에 절대로 개입하지 않았다.

"그건 그냥 힘들어서 한 말이고. 그렇다고 너는 그런 얘 기를 다른 애들한테 하고 다니냐?"

지수 목소리가 더 날카로워졌다. 은채도 물러서지 않았다.

"김지수, 그래서 그때 나 버스 정류장에 혼자 세워 두고 너네 반 애하고 가 버린 거야? 내 문자도 씹고? 우리 이사 할 때 바로 코앞에서 내다보지도 않고? 진짜 너무하네, 김

지수. 맹세컨대 난 네 얘기 한 적 없어!"

"웃기시네."

"나는 네가 육상 진짜 싫어하는 줄 알았어. 너네 반 애가 혹시 그런 걸 물어봤으면 너 육상 싫어한다고는 했을 거야. 그런데 나는 너네 반 애들하고 따로 말한 적 없어. 너네 반 놀러 가도 너하고만 얘기했잖아. 내가 너 말고 같이 다니는 애들이 있기나 해? 말해 봐! 그런 적 있냐고? 우리 반 애들도 내가 자사고 간다고 하니까 나만 빼놓고 논 거 너도 알잖아."

은채 목소리가 점점 커졌다. 지수는 대꾸 없이 고개를 획 돌려 바다 쪽을 바라봤다. 지수는 거친 바닷바람에 앞머리가 날리자 얼른 손으로 앞머리를 눌렀다.

"나도 뭐 누가 있었나. 자기는 먼 데로 학교 지원하고, 이사 간다면서도 아무렇지 않았으면서……."

지수 목소리가 바닷바람에 흩어졌다. 은채는 울음이 나오려고 하면 입술을 꼭 다무는 지수의 익숙한 얼굴을 바라봤다.

싸움이 소강상태에 들어간 줄 뻔히 아는 정우가 소리

쳤다.

"여기 카페는 없는데, 편의점은 있어! 100미터만 걸으면
돼. 가자!"

정우는 풀쩍 해안 도로로 올라섰다. 지수는 앞머리를 잡
은 채 평평한 갯바위 위로 건너뛰었다. 은채도 지수 뒤를
따라갔다.

편의점은 해안 도로 옆에 있었다. 셋은 따뜻한 캔 커피를
사서 가게 안쪽 바다가 보이는 통유리 앞에 나란히 앉았
다. 은채는 캔 커피를 한 모금 마시고는 작게 말했다.

"미안해. 네가 달리기 싫어한다고만 생각했어."

지수가 은채를 돌아봤다가 눈이 마주치자 얼른 고개를
돌렸다.

"싫어한 거 맞아. 지금도 싫을 때가 많아. 토할 때까지 달
리는데, 기록은 그대로면 때려치우고 싶어."

"나도. 나도 날마다 때려치우고 싶어."

"뭘? 너는 뭘 때려치워?"

지수가 어리둥절한 얼굴로 은채를 봤다.

"학교. 아무리 해도 밑바닥이야."

"진짜? 우리 센터에서 너만큼 공부 잘한 애가 없잖아. 센터 선생님들이 우리 초딩 때부터 너는 서울대 가겠다고 했잖아."

"센터에서만 그런 거지. 우리 중학교 전교 1등 하던 선배가 자사고 갔다가 전학했잖아. 내신 따기 힘들다고. 막상 가 보니까 그 선배가 이해되더라. 진짜 다들 잘해. 영어 유치원 다니고, 초등학교 때 벌써 고등학교 수학까지 떼고 온 애들이 많아. 그런 애들 따라잡는 게 쉽지 않아. 자꾸 쪼그라들어."

은채는 해안가로 거칠게 밀려드는 파도를 바라봤다. 먼 바다는 아무 일도 없다는 듯이 잔잔했다. 지수는 커피를 벌컥벌컥 마시고는 빈 캔을 탁자에 소리 나게 내려놓았다.

"그러니까 그냥 처음부터 잘 달리는 애들이 있어. 타고난 거지. 게네들은 못 당해. 공부도 출발선이 다르면 힘든 거지? 그래도 고은채, 너 쫄지 마. 내가 출발선에 설 때마다 생각해. 쫄면 지는 거다. 쫄면 지는 거다."

"합기도 대련할 때도 상대가 잘하든 못하든 다 쫄게 돼. 긴장하니까. 우리 사범님은 무조건 쫄지 말라고 하는데, 나는 쫄 수는 있다고 봐. 대신 쫄리는 걸 쪽팔려하지 않는 거야. 그게 중요해. 부끄러워하지 않는 거…….”

정우가 느릿느릿 말을 이어 가는데, 지수가 정우 어깨를 소리 나게 때렸다.

“야, 쫄리는 걸 쪽팔려하지 않는 건 쫄리지 않는다는 거야. 안 그러냐, 은채야?”

은채는 고개를 끄덕이면서 웃었다. 정우는 맞은 어깨를 만지면서 중얼거렸다.

“내 말은 쫄지 말라고. 너네한테는 안 어울려.”

“그래, 우리 다 쫄지 말자. 그리고 고은채, 혹시 학교에서 너 무시하는 애 있으면 말해. 내가 바로 쫓아갈 테니까.”

“나는? 나도 말해?”

정우가 정말 진지한 얼굴로 묻는 바람에 은채와 지수는 웃음이 터졌다. 지수는 정우 어깨를 토닥였다.

“그래, 이정우 너도 꼭 말해. 나하고 은채가 가서 아주 박살을 내줄 테니까!”

지수는 빈 캔을 우그러뜨려 쓰레기통에 휙 던져 넣었다. 은채도 얼른 남은 커피를 마시고 지수를 따라 했지만, 어림 없었다. 은채는 벌떡 일어나서 바닥에 떨어진 캔을 주워 쓰레기통에 버렸다. 정우도 따라 일어섰다.

"텃밭이 여기서 500미터쯤 떨어져 있어. 동네 쪽으로 올라가면 되나 봐. 그런데 아저씨, 꽃집 가기 전에 이 동네 사신 거야?"

은채는 고개를 끄덕이면서 '꽃집'을 오랜만에 듣는다고 생각했다. 아빠는 보육원을 꽃집이라고 했는데, 지수와 정우한테도 아무렇지 않게 자신이 꽃집에서 컸다고 얘기했다. 은채는 꽃집이라는 말이 아이들을 꽃이라고 여겨서 하는 말이거니 했다.

그런데 텃밭 둘레에 있는 동백나무를 보자 불현듯 '꽃집'이 자신을 꽃으로 여기지 않는 아이들의 자조적인 표현일 수 있겠다는 생각이 들었다. 아빠는 잘 키운 동백나무를 보고 마음이 어땠을까. 은채 눈에는 동백꽃이 너무 붉었다. 동백나무는 파란 지붕 집과 이층집 사이에 마치 큰 정원처럼 자리 잡은 텃밭의 울타리였다. 동백나무 울타리 안에는 감귤나무가 촘촘하게 심겨 있었다.

"뭐야? 여기 너희 아빠 땅이라면서? 이거 다 누가 심은 거야?"

지수는 목을 길게 빼고 동백나무 틈으로 안쪽을 들여다봤다.

"우리 아빠 사촌. 그래서 우리 아빠한테 이 땅 달라고 했나 봐."

"미쳤구나. 너 여기 절대로 뺏기지 마. 이거 다 뽑아 버려. 내가 돈 벌면 더 큰 감귤나무로 사서 같이 심자!"

지수는 말하면서 은채의 팔짱을 꼈다. 은채는 가슴이 찌릿했다.

"그래, 그러자."

"구멍가게는 아무래도 도로 쪽으로 있지 않을까. 이 골목길 끝이 차도인 거 같아. 그런데 구멍가게에 호빵 있을까? 곧 겨울인데, 호빵 팔면 좋겠다."

텃밭은 안중에 없고 핸드폰 지도만 들여다보던 정우 말에 지수가 호빵 같은 소리 한다고 퉁바리를 주고는 은채 귀에 대고 빠르게 속삭였다.

"정우는 진짜 뭘 하든 하나만 생각해. 쟤는 제주도 가자고 할 때부터 머릿속에 구멍가게밖에 없었을걸?"

은채와 지수는 머리를 맞대고 웃었다. 둘이 그러거나 말거나 정우는 구멍가게를 찾아 앞서 걸었다.

정우 말대로 구멍가게는 진짜 골목 어귀에 있었다. 시멘트로 바닥을 바른 담장 없는 집 여러 채와 낮은 돌담을 두른 이층집을 지나 골목을 빠져나오자 도로 옆에 파란 지붕을 얹은 가게가 있었다. 간판이 없는 가게는 벽에 빨갛고 작은 우체통이 달려 있고, 나무 문틀에 유리를 끼운 미세기 문으로 가게 안이 훤히 보였다. 셋은 문에 붙어 서서 안을 들여다봤다. 지수가 옆에 선 정우를 툭 쳤다.

"호빵은 없네."

"여기가 맞을까?"

정우는 말하면서 은채를 봤다. 은채는 가게 안쪽에 창호지 바른 미닫이문을 뚫어져라 보고 있었다.

"들어가서 물어보면 알겠지."

지수가 문을 열고 가게 안으로 들어서면서 은채 손을 잡아끌었다. 정우는 미적대면서 끝으로 들어와 과자가 가지런히 놓인 진열장 앞으로 갔다. 바로 방문이 열리고 진홍색 털모자를 쓴 할머니가 마스크를 쓰면서 고개를 내밀었다. 지수는 은채를 할머니 쪽으로 슬쩍 밀고는 텅 비어 있는 아이스크림 냉동고를 들여다봤다. 눈가가 자글자글한 할머니는 방문 앞에서 쭈뼛대는 은채를 보고는 뭘 찾느냐고 물었다.

"안녕하세요? 다른 게 아니고 제 아빠가 그러니까 고 정자 석자 쓰시는데요. 아빠가 이 가게에 들른 적이 있다고 해서요. 혹시 아세요?"

"정자? 석자? 고정석이?"

"네."

"정석이 잘 알지. 정석이가 이 동네 살았거든. 정석이 딸이야?"

할머니는 반색하면서 방에서 나와 슬리퍼를 꿰어 신고는 은채 어깨를 쓸어내렸다.

"그래, 정석이가 여기 두어 번 왔었지. 그러지 않아도 딸이 하나 있다고 하더니만, 아빠 얼굴이 있네. 아빠하고 제주도 놀러 왔어?"

"아니요. 아빠가 아는 가게라고 해서 와 봤어요."

"코딱지만 한 가게 구경할 게 뭐가 있다고. 그래도 아빠 고향이라서 궁금했나 보네. 친구들하고 같이 온 거야?"

할머니는 과자 한 봉지를 들고 어정쩡하게 서 있는 남자아이와 아이스크림 냉동고 위에 있는 음료수를 갈마줘고 있는 여자아이를 보고는 방문 옆 대못에 매달려 있는 까만 비닐봉지를 하나 잡아챘다.

"물건이 별로 없어. 올해까지만 하고 문을 닫으려고. 그러지 않아도 문 닫기 전에 정석이가 한번 왔으면 했는데, 딸이라도 오니 좋네."

"아빠가 여기 와서 뭐 하셨어요?"

"정석이가 전에 왔을 때는 홍삼을 한 상자 갖고 왔지. 그러지 말라고 하는데도. 걔가 원래 어릴 적부터 정이 많고 순했어. 정석이 할머니도 그러셨고. 내가 타지에서 여기로 시집와서 정 붙이지 못할 때 정석이 할머니가 잘 챙겨 주셨지."

할머니는 말하면서 지수와 정우가 내민 과자와 음료수를 비닐봉지에 담았다.

"우리 아빠 어릴 적에 여기 자주 왔어요?"

"참새 방앗간이었지. 아, 맞다. 정석이한테 줄 게 있는데,

딸이 가져가면 되겠네."

할머니는 비닐봉지를 은채 손에 쥐여 주고는 방으로 들어갔다.

할머니가 방에서 들고나온 건 낡은 공책이었다. 옛날에 초등학생들이 썼을 법한 공책을 은채한테 건넸다. 은채는 어리둥절한 얼굴로 공책을 내려다봤다.

"정석이가 왔을 때 보여 줬는데 그때 아예 줄걸, 내가 생각을 못 했지."

"이게 뭔데요?"

"우리 가게 장부. 옛날에는 외상 장부라는 게 있었어. 정석이 할머니가 일 나가면 손자한테 가게 와서 뭐든 가져가라고 했어. 정석이 할머니가 손자를 정말 애지중지했거든. 우리 가게에 어린애 외상 장부는 정석이 하나였는데, 정석이가 영특해서 여섯 살부터 벌써 한글을 떼서 자기가 다적었어. 똘똘하니까 어린 게 그 고생을 하고도 잘 커서 딸도 이렇게 잘 키웠지."

은채는 할머니가 하는 말을 들으면서 들판에 두 아이가 두 팔을 번쩍 들고 있는 그림이 그려진 공책을 받아 들었다. 표지에는 볼펜으로 크게 고정석이라고 쓰여 있었다. 지수하고 정우도 가까이 와서 공책을 건너다봤다. 할머니는 진열장에서 초코파이 한 상자를 꺼내 비닐봉지에 넣고는 정우 손에 들려 줬다.

"가면서 먹어."

"아뇨. 저희가 돈을 내야죠."

정우가 주머니에서 돈을 꺼내자 할머니는 정색하며 손사래를 쳤다.

"고향 할머니 선물이야. 그리고 정석이한테 제주도 오면 들르라고 해. 우리 손녀가 여기다 카페를 낸다니까, 다음에 와서는 커피 마시라고 해."

은채는 아빠가 돌아가셨다는 말을 차마 못 하고 먹먹한 얼굴로 공책만 들여다봤다. 할머니는 은채 머리를 쓰다듬었다.

"아빠하고 같이 와."

"네."

은채는 새된 목소리로 답하고는 눈두덩이 뜨거워져서 얼른 고개를 숙였다. 지수가 큰 소리로 저희도 같이 오겠다고 하면서 은채 손을 꼭 잡았다. 할머니는 가게 밖에까지 따라 나와 버스 정류장이 있는 쪽을 알려 줬다.

버스 정류장에 닿을 때까지 셋은 아무 말도 하지 않았다. 은채는 공책을 가슴에 꼭 그러안고 걸었다. 셋은 아무도 없는 버스 정류장 긴 의자에 나란히 앉았다. 은채는 숨을 깊이 들이쉬고는 조심스럽게 공책을 펼쳤다. 공책에는 삐뚤빼뚤한 글씨가 적혀 있었다.

3/3 새우깡 남양우유
3/4 홈런볼 서울우유
3/6 꼬깔콘 칠성사이다
3/7 자갈치 딸기우유
3/8 아카시아껌 홈런볼
3/9 초코파이 서울우유

은채 양옆에 바짝 붙어 앉은 지수와 정우도 공책을 들여다봤다.

"아저씨 이거 보고 기분이 좀 그랬겠다."

"아저씨 좋으셨겠지. 나라면 진짜 좋았을 거 같아. 할머니가 우유는 꼭 먹으라고 했나 봐. 애들은 보통 우유 안 사 먹잖아."

은채는 울먹이면서 말했다.

"우리 아빠 우유 정말 좋아했는데……."

지수가 은채의 어깨를 감싸 안았다. 정우는 정류장 전광판을 보면서 중얼거렸다.

"우리 이 동네 더 구경하고 내일 갈래?"

....

꽃집에서 자란, 꿋꿋하게 잘 자란 친구가 너무 일찍 세상을 떠나던 날에 어릴 적 그와 함께한 이들의 깊은 슬픔과 눈물을 보면서 생각했습니다. 그들이 있어서 그는 잘 살았겠구나. 그들은 서로의 꽃이었구나. 장지로 가는 길, 의젓하게 앉아서 차창 밖을 물끄러미 내다보던 어린 딸이 제 아빠가 그랬듯이 따뜻하게 손 내미는 이들이 있어 잘 자라길 빌었습니다.

그러고 보면 삶은 따뜻했던 순간으로 긴 시간을 버텨 낼 수 있겠지요. 글을 쓰면서 내가 여전히 사람을 믿고 그들과 부대끼면서 살아가는 것은 나에게 따뜻함을 베풀었던 이들 덕분이라는 것을 깨닫습니다. 따뜻하길. 따뜻함을 기억하길. 그래서 쫄지 말고 살아가길.

김해원